누구나 시 하나쯤
가슴에 품고 산다

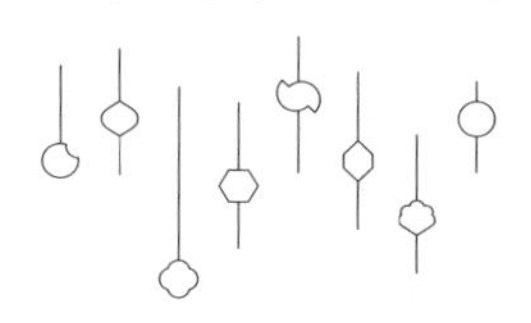

눈물 나게 외롭고 쓸쓸했던 밤
내 마음을 알아주었던 시 101

누구나 시 하나쯤 가슴에 품고 산다

김선경 엮음

prologue

나는 그 어디서도
찾을 수 없는 종류의 위안을
시에서 찾았다

일고여덟 살 때부터 불렀던 노래가 있다. 엄마가 가르쳐 주었다. '접시 하나에 콩알 하나', 인터넷 검색을 해 보았더니 없다. 우리 집에만 구전되는 노래일까.

> 접시 하나에 콩알 하나 / 아빠는 일했다고 밥 세 그릇 / 엄마는 밥했다고 밥 두 그릇 / 나는 놀았다고 밥 한 그릇 / 입으로 먹었더니 / 배가 불러서 / 하나 둘 셋!

차라리 '랩'에 가까운 이 노래는 그림을 그리면서 불러야 제격이었다. 접시는 동그라미, 콩알은 눈, 밥 세 그릇은 깃털 세 개, 두 그릇은 깃털 두 개, 한 그릇은 깃털 하나, 부리를 그리고 배를 그리고, 마지막으로 하나 둘 셋에 발을 그리면 병아리 완성! 노래 한 번에 병아리 한 마리, 노래 또 한 번에 병아리 한 마리, 신문지 여백이 병아리로 가득해질 즈음이면 일 나갔던 엄마가 돌아왔다. 빈집을 혼자 지켜야 했던, 소심하고 겁 많은 아이에게 노래는 하나의 주문이었다. '괜찮아. 무섭지 않아. 조금만 기다려, 엄마가 곧 올 거야.' '혼자'라는 공포의 시간을 견디게 만들고, 어린 나를 구원해 준 그것. 생각해 보면 그게 시詩의 힘인 것 같다. '그게 시였을까' 싶은 시가 또 있다. 초등학교에 들어간 뒤 국어책에서 본 강소천 시인의 〈닭〉이다.

> 물 한 모금 입에 물고
> 하늘 한 번 쳐다보고,
>
> 또 한 모금 입에 물고
> 구름 한 번 쳐다보고.

기억하기로는, 글과 함께 어미 닭과 노랑 병아리가 배경으로 그려져 있었다. 마당에 풀어 놓은 암탉과 병아리가 구구거리며 모이를 쪼고 물을 마시는 한가로운 풍경 속에서 시인은 이 네 줄의 시를 포착했을 것이다. 나는 이 시를 읽고 흉내 냈다. 물 한 모금 먹고 하늘 한 번 쳐다보고, 구름 한 번 쳐다보고……. 그때 올려다본 하늘은 눈이 부시도록 파랬다. 너무 쉽고 너무 짧고 간결해서, '시'라고 생각하지 않았던 그것은 살면서 한 번씩 떠올랐다. 그리고 그 시에 깃든 깊은 뜻과 아름다움을 알기까지 많은 시간이 흘렀다.

괜히 심술이 나 있던 사춘기를 지나, 자잘한 고뇌들과 적당히 외롭던 학창 시절을 마감하고, 단지 '책'이 좋아서 잡지사에 자리를 얻었다. 이상형과는 다른 사람을 만나 결혼을 했고 아이가 생겼다. 아이가 태어나고 막 백일이 지났을 무렵 어린 시절부터 결혼 전까지 나와 한방을 쓴 할머니가 세상을 떠났다. 평생 고수하던 쪽머리를 갑자기 자른 뒤 할머니가 보여 준 희미한 미소에서 예감한 바로 그 죽음이었다. 아파트에 살아 보고 싶다는 엄마의 소원이 이루어지던 날, 이삿짐 트럭에 실린 엄마의 살림살이는 얼마나 초라하던지. 십몇 년 만에 대학가 어느 카페에서 우연히 만난 친구는 의수를 하고 있었고 그날의 어색한 조우 뒤에 다시는 보지 못했다. 엄마가 뇌질환을 앓으면서 아버지는 집안일을 돌볼 줄 알게 되었다. 몇 번의 이직 끝에 시작한 조그만 사업은 3년 만에 문을 닫고, 책상이며 컴퓨터며 사무실 집기를 고물상에 22만 원을 받고 넘겼다. 남편이 파리 출장길에 사 온 몽블랑 만년필을 14년이 지나서 마지못해 받았다. 내가 작가가 되면 주겠다던 것이었다. 다행히 쓴 책이 잘 팔렸지만 이번엔 아이가 아팠다. 자책과 우울감으로 불면의 날을 보내던 나는 다시 직장인이 되었다.

누구에게나 삶은 어렵고 힘들다. 별일 없어 보이는 사람도 늘 좋기만 한 것은 아니다. 우리는 각자 견디며 살아간다. 세상의 이해할 수 없는 일들과 매정한 사람들로 인해 시시때때로 우리 마음에 드리워지는 그림자들 – 슬픔과 불안, 부끄러움, 비겁함, 절망 – 속에서 흔들리고 헤맨다. 나는 망설이거나, 피하거나, 참거나, 아주 조금 용기를 내면서 그 시간들을 지나왔다. 그리고 어느 순간부터 이 모든 것들을 삶의 자연스러운 조건이라고 받아들였던 것 같다. 슬픔 속에서도 밥을 먹고, 싫은 사람 앞에서도 웃음을 보이고, 당장 그만둬야지 하면서도 다음 날이면 출근 지하철을 타고 있는 나를 향해 고개를 끄덕일 줄 알게 된 것이다.

그 삶의 갈피마다 나에게는 시가 가까이 있었다. 아버지가 청계천 헌책방에서 사다 준 김소월과 윤동주 그리고 몇 권의 시집들. 고등학생 때 친구 S와 주고받은 시들, 간밤에 옮겨 쓰고 아침이면 서로의 서랍 속에 넣어 두곤 했던 시는 랭보와 예이츠, 존 던, 헤세와 김지하였다. 우리는 로제 마르탱 뒤 가르의 《회색노트》에 등장하는 두 소년처럼 은밀했다. 도서관 정간실에서 공책에 옮겨 적던 문예지의 '이 달의 신작시'들, 그리고 잡지사에 다니면서 심마니의 심정으로 찾아 읽고 고른 독자를 위한 시들, 그리고 내가 수시로 누군가에게 띄워 보낸 엽서에 적힌 시편들…….

물론 나는 그 시들이 의미하는 바를 다 알지 못했다. 나에게 시는 이해의 차원이 아니라, 시가 가진 부드럽고 따뜻한 정서에 기대고 싶은 마음이 더 컸다. 어린 시절 엄마아버지에게 혼이 나거나 형제들과 싸웠을 때 숨어들곤 했던 다락방처럼 말이다. 시는 누구에게도 들키고 싶지 않은 나의 어설픈 욕망들을 이해해 주었고, 괜찮은 척했지만 괜찮지 않았던 나의 모멸감을 달래 주었다. 그리고 뜻대로 풀리지 않은 일에 화가 날 때 나를 다독여 주었고, 인정받기 위해 기를 쓰는 나에게 너무 애쓰지 말라 위로해 주었다. 거기서 내가 얻은 에너지는 스스로에게 솔직해지는 '받아들임'이었다. 나 자신을 있는 그대로 바라보기, 그럼으로써 앞으로 만들어가고 싶은 나를 조금씩, 천천히 채워 갈 수 있었다.

어린 시절부터 뇌리에 맴돌던 시 〈닭〉을 떠올리며 시인의 마음을 헤아려 본다. 그것은 '자연스러운 본성을 따르며 살아가되 어느 때에라도 파란 하늘을 보며 희망을 품겠다, 모였다 사라지며 모습을 바꾸는 구름처럼 변하는 것들에 실망하지 않고, 그리고 마침내 사라지는 날까지' 이런 뜻이 아니었을까. 300여 편의 시를 남긴 강소천 선생도 〈닭〉을 쓰고 나서 '이 시 한 편만으로 나는 눈을 감아도 좋다'고 생각했다고 한다. 처음 완성한 초고에서 시인은 계속 문장을 덜어 냈을 것이다. 그럴싸해 보이는 문장, 도저히 빼서는 안 될 것 같은 단어들까지 지워 나갔을 것이다. 군더더기를 수없이 덜어 낸 끝에 남은 서른두 개의 글자는 너무나 작은 존재의 찰나를 영원으로 바꿔 버렸다. 결국 우리의 삶도 하나씩 덜어 내기의 과정이라는 것을 나는 스스로 묻고 답하면서 배웠다.

삶은 계속될 것이다. 식사를 하고 치우고 잠을 자고 사람을 만나고 물건을 사고 TV를 보고 여행 가고 책을 읽고……, 그리고 늙어 가는 몸을 보며 실망할 테고, 엄마아버지는 머잖아 세상을 떠날 것이며, 그때 나는 틀림없이 미안하다고 울먹거릴 것이다. 이제 스물을 넘긴 아이가 좌절과 실망을 겪는 모습을 말없이 지켜봐야 할 날이 오고, 나의 욕망과 어긋나는 괴로움 역시 계속될 것이며, 여전히 이해하지 못할 일들과 예기치 않은 일들에 놀랄 것이다. 그리하여 다짐해 본다. 시를 읽는 사람이 되어 삶을 똑바로 마주보겠다고. 바늘구멍을 통과하는 빛처럼, 시가 만들어 준 삶의 틈 사이로 찾아드는 작은 기쁨과 위안을 놓치지 않고 지혜로움으로 삶을 돌보겠노라고. 그렇게 시간을 충만하게 저축해 갈 것이라고 말이다.

러시아 시인 조지프 브로드스키는 "시가 해야 할 일은 언어가 더 멀리 더 빨리 여행할 수 있도록 능력을 키워 주는 것"이라고 했다. 이 말을 나는 이렇게 이해했다. 아직 살지 못한 삶에 대한 힌트를 주는 언어가 시라고 말이다. 불완전한 나와 불확실한 시간에 대한 믿음을 가르쳐 주는 소중한 시간들, 바로 시를 읽는 시간이다.

지리산에 살고 있는 이원규 시인은 밤하늘에 떨어지는 별똥별을 보고 시 한 편을 썼다. 저기, 저 숲속 어딘지 모를 작은 굴에서 살고 있을 토끼도 지금 자신이 바라보는 별똥별을 올려다보고 있지 않겠느냐고, 그리하여 토끼도 소원 하나 빌지 않겠느냐고.

지리산에는 첫눈이 오시느라 보이지 않지만
저 눈발 속으로 별똥별도 함께 내릴 것이다.

그 중에 하나쯤은
칠선계곡에 깃든 산토끼의 머리맡에도 떨어질 것이다.
저를 향해 달려오는 별똥별을 보며
산토끼 저도 한 가지 소원은 빌 것이다.
"이대로 영원히 산토끼일 수 있기를!"

이보다 더한 별똥별의 축복이 어디 있으랴.
주문처럼 일평생 외워야 할 유일한 소원.
무련, 그대도 나도 밤하늘을 보며 빌어보는가.
"영원히 이대로 나는 나이기를!"

시인의 마음은 어디까지 닿을 수 있을까. 지리산 산토끼의 마음을 헤아리는 시인의 상상력에 나는 가슴이 뭉클해진다. '나는 영원히 이대로 나이기를 바랄 수 있을까'라는 물음과 함께. 이런 시인의 마음으로 살아간다면 고단하고 퍽퍽한 우리 삶도 조금은 반짝이지 않을까.

시는 삶을 다독인다. 웃을 일이 없어도 미소 짓게 하고, 특별히 잘난 일을 하지 않아도 그 자리에 있는 것만으로도 괜찮다고 말

한다. 부끄러움에 숨고 싶을 때 기죽지 말라 하고, 내가 누구인지 헤맬 때는 있는 그대로의 자신으로도 괜찮다고 말해 준다. 힘내라고 등 떠밀어 준다. 그렇게 마음을 따라가다 보면 어느 날 우리는 충분히 행복한 삶을 살고 있지 않을까. 나와 당신, 누구나 마음속에 품고 있는 그 시들 덕분에 말이다.

공기를 만들어 내는 나무와 같은 세상의 모든 시인들에게 고마움을 전한다.

2019년 7월

김선경

Contents

chapter 2 눈물 나게 외롭고 쓸쓸했던 날

chapter 3 인생의 절반이 되어서야 비로소 깨달은 것들

chapter 4 이누이트 족의 언어에 '훌륭한'이라는 단어가 없는 이유

chapter 5 나는 정말 잘 살아가고 있는 걸까

chapter 6 무심코 하는 말들을 위한 기도

chapter 7 시가 내 곁에 있어 참 다행이다

chapter 8 내 삶을 뻔한 결말로부터 구해 준 결정적 순간들에 대하여

chapter 1

어느 날 시가 내 마음속으로 들어왔다

○

귀뚜라미가 울면 가을이다. 손톱만 한 이 작은 곤충은 자연의 기운을 어떻게 알아챌까. 비밀은 온도에 있다. 귀뚜라미는 온도에 따라 울음소리를 다르게 낸다. 기온이 높으면 소리가 높고 빠르다. 섭씨 24도 근처에서 고른 박자와 높이로 우는데 이때 음색이 가장 아름답다고 한다. 귀뚜라미 소리가 적당히 듣기 좋다면 그때가 24도다! 그래서 아메리카 인디언들은 귀뚜라미 울음소리로 온도를 알아냈다고 한다. 15초 동안 울음을 세어 여기에 39를 더하면 온도(화씨)가 나온다.

또 귀뚜라미 울음이라고 하지만, 그것은 입이 아니라 두 날개를 비벼서 내는 소리이다. 수십 개의 돌기가 솟은 날개를 다른 날개에 비벼서 내는 것이다. 그것은 바이올린을 켜는 원리와 같다. 돌기의 개수에 따라 소리가 달라지므로 지구상에 똑같은 귀뚜라미 울음은 없다. 사람의 지문처럼. 추워지기 전에 짝을 만나야 하는 수컷은 누구보다 크고 아름다운 소리를 내려고 최선을 다한다.

짝을 찾는 간절함이 깃든 귀뚜라미 울음은 예로부터 사람의 마음을 맑고 고요하고 애잔하게 했다. 시인 두보는 '슬픈 거문고나 피리 소리도 귀뚜라미의 천진한 감격에 비하지 못한다'고 했고, 조선시대 박효관이란 선비는 '귀뚜라미 넋이 되어, 가을밤 님의 방에 가서, 날 잊은 그의 깊은 잠을 깨워 볼까 하노라'라고 노래했다. 그중 압권은 박용래 시인의 〈은버들 몇 잎〉의 마지막 구절이다.

'귀뚜라미 정강이 시린 백로.'

가을의 서늘함을 이토록 잘 표현한 문장이 있을까. 가을을 알리는 절기인 백로白露는 기온이 떨어져 풀잎에 이슬이 맺힌다는 뜻이다. 기온이 뚝 떨어진 가을밤, 풀숲에서 이슬 방울을 정강이에 매달고 우는 귀뚜라미를 생각하면 내 정강이가 다 시리다. 귀뚜라미의 시린 정강이를 가만히 쓰다듬어 주고도 싶다. 가을이 되면 나는 늘 이 문장을 떠올리며 감상에 젖곤 했다. 엄마의 그 말을 듣기 전까지.

몇 해 전 엄마와 골목을 걸어가고 있을 때였다. 어둑어둑한 골목엔 담벼락 틈에서 울어대는 풀벌레 소리로 가득했다. 불쑥 엄마가 말했다.

"엄마 말야…… 이제 귀뚜라미 소리 듣지 못하겠지?"

맞다. 엄마는 귀가 잘 들리지 않았다. 내가 중학생일 때 옥상 사다리에서 떨어져 땅에 머리를 부딪친 뒤부터, 엄마는 청력을 조금씩 잃어 갔다. 나는 언젠가는 괜찮아질 거라고 생각했지만, 엄마는 언젠가는 완전히 들리지 않게 될 거라고 생각했던가 보다. 그리고 그날이 머지않았음을 예감하고는 무심코 그렇게 말한 것이다. 오랜 시간 엄마가 느꼈을 몸과 마음의 불편함, 듣지 못하리라는 불안과 외로움이 그 말 한마디에서 다 느껴졌다. 아, 정말, 엄마에게 뭐라고 해야 할지, 말없이 걷기만 했다.

살다 보면 마음을 울리는 순간들이 온다. 어떤 말, 어떤 행동, 어떤 냄새, 이미지, 풍경, 감정, 느낌 들이 마음을 흔든다. 그 흔들림을 시인은 예민하게 포착하여 언어의 그물로 건져 올린다. 그 순간의 번쩍임을 시적詩的 순간이라고 한다면, 우리 삶에서 만나는 시적 순간은 얼마나 될까. 삶을 돌이켜 보게 하고 예감하게 하는 시적 순간들, 삶의 갈피에 숨은 이 순간을 놓치지 않고 마음에 담아 가는 만큼 삶은 나아지고 충만해질 것이다.

머잖아 귀뚜라미 소리를 듣지 못할 거라는 엄마의 말은 내 마음속으로 들어와 하나의 시가 되었다. 견뎌 온 만큼 견디겠다는 엄마의 다짐이 스며 있는 그 말이 슬프지만 아름답게 느껴진다면 나는 너무 나쁜 딸일까. 이제 나의 가을에는 이슬 묻은 귀뚜라미 정강이 대신 엄마의 말을 생각한다.

정말 그럴 때가

이어령

정말 그럴 때가 있을 겁니다.
어디 가나 벽이고 무인도이고
혼자라는 생각이 들 때가 있을 겁니다.

누가 "괜찮니" 라고 말을 걸어도
금세 울음이 터질 것 같은
노엽고 외로운 때가 있을 겁니다.

내 신발 옆에 벗어놓았던 작은 신발들
내 편지봉투에 적은 수신인들의 이름
내 귀에다 대고 속삭이던 말소리들은
지금 모두
다 어디 있는가.
아니 정말 그런 것들이 있기라도 했었는가.

그런 때에는 연필 한 자루 잘 깎아
글을 씁니다.

사소한 것들에 대하여

어제보다 조금 더 자란 손톱에 대하여
문득 발견한 묵은 흉터에 대하여
떨어진 단추에 대하여
빗방울에 대하여

정말 그럴 때가 있을 겁니다.
어디 가나 벽이고 무인도이고
혼자라는 생각이 들 때가 있을 겁니다.

문득 잘못 살고 있다는 느낌이

오규원

●

잠자는 일만큼 쉬운 일도 없는 것을, 그 일도 제대로
할 수 없어 두 눈을 멀뚱멀뚱 뜨고 있는
밤 1시와 2시의 틈 사이로
밤 1시와 2시의 공상空想의 틈 사이로
문득 내가 잘못 살고 있다는 느낌, 그 느낌이
내 머리에 찬물을 한 바가지 퍼붓는다.

할말 없어 돌아누워 두 눈을 멀뚱하고 있으면,
내 젖은 몸을 안고
이왕 잘못 살았으면 계속 잘못 사는 방법도 방법이라고
악마 같은 밤이 나를 속인다.

아버님의 안경

정희성

돌아가신 아버님이 꿈에 나타나서
눈이 침침해 세상일이 안 보인다고
내 안경 어디 있냐고 하신다
날이 밝기를 기다려 나는
설합에 넣어둔 안경을 찾아
아버님 무덤 앞에 갖다 놓고
그 옆에 조간신문도 한 장 놓아 드리고
아버님, 잘 보이십니까
아버님, 세상일이 뭐 좀 보이는 게 있습니까
머리 조아려 울고 울었다

자화상

윤동주

●

산모퉁이를 돌아 논가 외딴 우물을 홀로 찾아가선
가만히 들여다봅니다.

우물 속에는 달이 밝고 구름이 흐르고 하늘이 펼치고
파아란 바람이 불고 가을이 있습니다.

그리고 한 사나이가 있습니다.
어쩐지 그 사나이가 미워져 돌아갑니다.

돌아가다 생각하니 그 사나이가 가엾어집니다.
도로 가 들여다보니 사나이는 그대로 있습니다.

다시 그 사나이가 미워져 돌아갑니다.
돌아가다 생각하니 그 사나이가 그리워집니다.

우물 속에는 달이 밝고 구름이 흐르고 하늘이 펼치고
파아란 바람이 불고 가을이 있고
추억처럼 사나이가 있습니다.

산속에서

나희덕

●

길을 잃어보지 않은 사람은 모르리라
터덜거리며 걸어간 길 끝에
멀리서 밝혀져오는 불빛의 따뜻함을

막무가내의 어둠속에서
누군가 맞잡을 손이 있다는 것이
인간에 대한 얼마나 새로운 발견인지

산속에서 밤을 맞아본 사람은 알리라
그 산에 갇힌 작은 지붕들이
거대한 산줄기보다
얼마나 큰 힘으로 어깨를 감싸주는지

먼 곳의 불빛은
나그네를 쉬게 하는 것이 아니라
계속 걸어갈 수 있게 해준다는 것을

이름 부르는 일

박남준

그 사람 얼굴을 떠올리네
초저녁 분꽃 향내가 문을 열고 밀려오네
그 사람 이름을 불러보네
문밖은 이내 적막강산
가만히 불러보는 이름만으로도
이렇게 가슴이 뜨겁고 아플 수가 있다니

처음엔 당신의 착한 구두를 사랑했습니다

성미정

처음엔 당신의 착한 구두를 사랑했습니다
그러다 그 안에 숨겨진 발도 사랑하게 되었습니다
다리도 발 못지않게 사랑스럽다는 걸 알게 되었습니다
어느 날 당신의 머리까지
그 머리를 감싼 곱슬머리까지 사랑하게 되었습니다

당신은 저의 어디부터 시작했나요
삐딱하게 눌러 쓴 모자였나요
약간 휘어진 새끼손가락이었나요
지금 당신은 저의 어디까지 사랑하나요
몇 번째 발가락에 이르렀나요
혹시 제 가슴에만 머물러 있는 건 아닌가요
대답하지 않으셔도 됩니다 제가 그러했듯이
당신도 언젠가 모든 걸 사랑하게 될 테니까요

구두에서 머리카락까지 모두 사랑한다면
당신에 대한 저의 사랑은 더 이상 갈 곳이 없는 것 아니냐고요
이제 끝난 게 아니냐고요 아닙니다
처음엔 당신의 구두를 사랑했습니다

이제는 당신의 구두가 가는 곳과
손길이 닿은 곳을 사랑하기 시작합니다
언제나 시작입니다

조용한 일

김사인

이도 저도 마땅치 않은 저녁
철이른 낙엽 하나 슬며시 곁에 내린다

그냥 있어볼 길밖에 없는 내 곁에
저도 말없이 그냥 있는다

고맙다
실은 이런 것이 고마운 일이다

소주 한잔 했다고 하는 얘기가 아닐세

백창우

울지 말게
다들 그렇게 살아가고 있어
날마다 어둠 아래 누워 뒤척이다, 아침이 오면
개똥 같은 희망 하나 가슴에 품고
다시 문을 나서지
바람이 차다고, 고단한 잠에서 아직 깨지 않았다고
집으로 되돌아오는 사람이 있을까
산다는 건, 만만치 않은 거라네
아차 하는 사이에 몸도 마음도 망가지기 십상이지
화투판 끗발처럼, 어쩌다 좋은 날도 있긴 하겠지만
그거야 그때 뿐이지
어느 날 큰 비가 올지, 그 비에
뭐가 무너지고 뭐가 떠내려갈지 누가 알겠나
그래도 세상은 꿈꾸는 이들의 것이지
개똥 같은 희망이라도 하나 품고 사는 건 행복한 거야
아무것도 기다리지 않고 사는 삶은 얼마나 불쌍한가
자, 한잔 들게나
되는 게 없다고, 이놈의 세상

되는 게 좆도 없다고

술에 코 박고 우는 친구야

오늘의 결심

김경미

라일락이나 은행나무보다 높은 곳에 살지 않겠다
초저녁 별빛보다 많은 등을 켜지 않겠다
여행용 트렁크는 나의 서재
지구 끝까지 들고 가겠다
썩은 치아 같은 실망
오후에는 꼭 치과엘 가겠다

밤하늘에 노랗게 불 켜진 보름달을
신호등으로 알고 급히 횡단보도를 건넜으되
다치지 않았다

생각하면 티끌 같은 월요일에
생각할수록 티끌 같은 금요일까지
창틀 먼지에 다치거나
내 어금니에 혀 물린 날 더 많았으되

함부로 상처받지 않겠다
목차들 재미없어도
크게 서운해하지 않겠다

너무 재미있어도 고단하다
잦은 서운함도 고단하다

한계를 알지만
제 발목보다 가는 담벼락 위를 걷는
갈색의 고양이처럼

비관 없는 애정의 습관도 길러보겠다

방문객

정현종

●

사람이 온다는 건
실은 어마어마한 일이다.
그는
그의 과거와
현재와
그리고
그의 미래와 함께 오기 때문이다.
한 사람의 일생이 오기 때문이다.
부서지기 쉬운
그래서 부서지기도 했을
마음이 오는 것이다 — 그 갈피를
아마 바람은 더듬어볼 수 있을
마음,
내 마음이 그런 바람을 흉내낸다면
필경 환대가 될 것이다.

어느 날 하느님이 물으실 것입니다

요한 볼프강 폰 괴테

어느 날 하느님이 물으실 것입니다.

너희들은 내가 준 희귀한 선물을 잘 유지하였느냐?

너희의 얼굴을 내보이라.

기쁨과 희망이 잘 보존돼 있느냐?

배꼽을 위한 연가 · 5

김승희

인당수에 빠질 수는 없습니다
어머니,
저는 살아서 시를 짓겠습니다

공양미 삼백 석을 구하지 못하여
당신이 평생을 어둡더라도
결코 인당수에 빠지지는 않겠습니다
어머니,
저는 여기 남아 책을 보겠습니다

나비여,
나비여,
애벌레가 나비로 날기 위하여
누에고치를 버리는 것이
죄입니까?
하나의 알이 새가 되기 위하여
껍질을 부수는 것이
죄일까요?

그 대신 점자책을 사드리겠습니다
어머니,
점자 읽는 법도 가르쳐드리지요

우리의 삶은 모두 이와 같습니다
우리들 각자가 배우지 않으면 안 되는
외국어와 같은 것 —
어디에도 인당수는 없습니다
어머니,
우리는 스스로 눈을 떠야 합니다

chapter 2

눈물 나게 외롭고 쓸쓸했던 날

한 번도 만난 적은 없지만 전화로 안부를 주고받는 시인이 있다. 10년 전 나는 그에게 잡지에 실을 산문 연재를 부탁했다. 시인은 눌변으로 수락하며 물었다. 산속에서 혼자 사는 나무꾼일 뿐인데 어떤 글을 쓸 수 있을까요? 거기, 숲속 이야기를 써주세요. 연재 몇 번에 시인의 가장 가까운 이웃이 500미터쯤 떨어진 곳에서 염소를 키우는 노부부라는 것, 먹으려는 게 아니라 파란 배춧잎이 보기 좋아서 한두 고랑 재배한다는 것, 벌통 몇 개 놓고 벌들의 삶을 지켜본다는 것, 심심하면 밥상에 국어사전을 펼쳐 놓고 읽는다는 것을 알았다.

원고를 청탁하면서 원고료가 작아 미안하다고 하자 시인은 그 돈이면 전기요금도 내고 몇 가지 양식도 산다고 했다. 6개월 쓰기로 한 것이 1년이 넘어가자 잡지가 없어질 때까지 쓰면 좋겠다며 웃었다. 그런데 진짜 그렇게 되었다. 운영이 어려워져 잡지를 폐간하기로 결정한 것이다. 시인에게 그 소식을 어떻게 알려야 할까, 차일피일 미루다 짧은 메일을 보냈다. 그리고 이튿날 열어 보니 시인에게서 답장이 와 있었다.

'달빛과 함께 전기요금을 나누어 내라며 보내주셨던 원고료는 저에겐 잊을 수 없는 추억입니다. 무엇을 타인에게 줄 때 얼마나 겸손과 예의가 필요한 것인가를 글을 연재하면서 알았습니다. 그리고 저는 괜찮습니다. 이제 전기요금은 달님에게 다 내라고 하면 되니까요.'

그러고는 곧 실직자가 될 나를 걱정해 주었다.

'장마에는 벌들도 꿀을 축낸답니다. 장마 걷히고 여름 가을 지나서 벌통을 열어 봐야 꿀이 얼마나 들어있는지 안답니다.'

부지런한 꿀벌도 제 힘으로 어쩌지 못하는 상황을 만나면 날개를 접고 집 안에 있는다고, 그러니 지금 수확이 없다고 스스로를 나무라서는 안 된다는 뜻이었다. 시인이 가꾸는 언어의 숲에서 고른 말들은 얼마나 따뜻한가. 그동안의 마음 고생을 알아주는 시인 덕분에 나는 조금 마음이 가벼워졌다. 산속 외딴집에 전기가 끊어져도 달빛이 있으니까 진짜 안심이 되는 그런 기분이랄까. 돌이켜 보면 참 외롭고 쓸쓸했던 그날, 나는 그렇게 위로를 받았더랬다.

그리고 물건이건 말이건 마음이건, 타인에게 무언가를 줄 때 진심으로 그것이 그 사람을 위한 것일지라도 겸손과 예의가 필요하다는 말이 한동안 마음에 남았다. 때로는 선의에 의한 상처가 더 아픈 법이니까.

생각해 보면 시인은 원고 끝에 늘 몇 마디 덧붙여 보냈다. '눈이 내린 아침은 제가 다니는 모든 길이 첫 발자국입니다. 가끔은 저보다 먼저 일어난 작은 짐승들의 발자국을 봅니다', '군불에 묻어 둔 고구마를 잊고 잠들었는데 고맙게도 강아지가 재를 파헤치고 꺼내 먹었습니다', '오늘 아침에는 개밥 그릇에 살얼음이 끼었습니다. 긴 침묵의 시간이 다가오고 있습니다', '벌들이 분봉을 시작했습니다. 수만 수천의 벌들이 웅웅거리며 날갯짓 소리를 내면서 작은 구멍으로 분주히 드나드는 것을 무심히 바라봅니다'라는 이야기 들. 눈앞에 그려질 듯한 시인의 숲속 일상은 나에게 어떤 안부를 묻는 것만 같았다. 숲에 깃든 평온함이 마음에 따뜻하게 번졌다.

시인은 마흔 즈음 홀로 산으로 들어갔다. 어느 인터뷰에서 '나는 스스로 내 영혼을 위로하고, 내 삶에 예의를 갖추기 위해 숲으로 들어왔습니다'라고 했다. 시인의 산행은 세상살이에 지치고 기울어진 마음을 돌보겠다는 선택이었다. 그가 나에게 보내온 어느 달의 안부이다.

'지붕에 떨어지는 알밤 소리에 새벽잠을 깨면 창으로 들어오는 바람이 서늘합니다. 계절은 그렇게 끊임없이 반복하면서 저에게 좀 더 나아질 기회를 주고 있지만 왜 이리 어리석은지 저는 늘 자신을 괴롭힙니다. 오늘은 정신을 추스르고 고추 모종 20개, 마디호박 6포기, 방울토마토 5포기를 심었습니다.'

고요한 숲에서도 시인은 이따금 시끄러운 마음과 마주하고 있었다. 어디에 있건 삶은 끝없이 묻고 우리는 답한다. 시인의 숲과 나의 도시는 다르지 않다. 인간의 약한 마음에 대한 연민, 그래서 시인과 나는 서로에게 미안하고 고마워했던 것 같다.

지금 내 마음 어딘가가 불편하고 아프다는 건 삶이 우리에게 무언가를 묻고 있음이다. 무언가 어긋나 있다는 뜻이다. 마음은 아픈 곳에 먼저 가 닿는다. 지금 내 마음 아프다면, 아픈 그곳에 가만 귀 기울여 볼 일이다. 나의 슬픔의 의미를 묻는 것은 내 삶과 타인에 대한 예의이다. 방치된 슬픔은 언젠가는 감당할 수 없는 지경에 이르고, 가까운 사람들에게 상처를 주게 되므로. 삶은 원래 슬프고 아픈 게 아니라 나 자신 때문에 아픈 것, 참 소중한 깨달음이다.

세상 일이 하도 섭해서

나태주

세상 일이 하도 섭해서
그리고 억울해서
세상의 반대쪽으로 돌아앉고 싶은 날
아무도 모르는 곳으로
숨어버리기라도 하고 싶은 날
내게 있었소
아무한테서도 잊혀지고 싶은 날
그리하여 소리내어 울고 싶은 날
참 내게는 많이 있었소

밥상 앞에서

박목월

나는 우리 신규가
젤 이뻐
아암 문규도 예쁘지.
밥 많이 먹는 애가
아버진 젤 예뻐.
낼은 아빠 돈 벌어가지고
이만큼 선물을
사갖고 오마.

이만큼 벌린 팔에 한 아름
비가 변한 눈 오는 공간.
무슨 짓으로 돈을 벌까.
그것은 내일에 걱정할 일.
이만큼 벌린 팔에 한 아름
그것은 아버지의 사랑의 하늘.
아빠, 참말이지.
접 때처럼 안 까먹지.
아암, 참말이지.
이만큼 선물을

사갖고 온다는데.
이만큼 벌린 팔에 한 아름
바람이 설레는 빈 공간.

어린것을 내가 키우나.
하나님께서 키워 주시지
가난한 자에게 베푸시는
당신의 뜻을
내야 알지만
상 위에 찬은 순식물성.
숟갈은 한죽에 다 차는데
많이 먹는 애가 젤 예뻐
언제부터 측은한 정으로
인간은 얽매어 살아왔던가.
이만큼 낼은 선물 사올께.
이만큼 벌린 팔을 들고
신이여. 당신 앞에
육신을 벗는 날,
내가 서리다.

슬픈 웃음

맹문재

마흔을 넘기면서 깨달은 사실 중 한 가지는
내게 슬픈 웃음이 많다는 것이다

업신여기는 사람 앞에서도
증오하는 상대 앞에서도
손해를 당하면서도
어느덧 습관이 된 나의 웃음

그리하여 전철역 계단에서 웅크리고 자는 노숙자를 보면서도
해고 노동자의 부고를 읽으면서도
엉터리 심사위원의 변명을 들으면서도
실컷 울지 못한다

텔레비전의 코미디를 보면서도
화사한 벚꽃을 보면서도
놀아달라는 아이의 투정 앞에서도
실컷 웃지 못한다

고마웠다, 그 생애의 어떤 시간

허수경

그때, 나는 묻는다. 왜 너는 나에게 그렇게 차가웠는가. 그러면
너는 나에게 물을 것이다. 그때, 너는 왜 나에게 그렇게 뜨거웠는가.
서로 차갑거나 뜨겁거나, 그때 서로 어긋나거나 만나거나 안거나
뒹굴거나 그럴 때, 서로의 가슴이 이를테면 사슴처럼 저 너른
우주의 밭을 돌아 서로에게로 갈 때, 차갑거나 뜨겁거나 그럴 때,
미워하거나 사랑하거나 그럴 때, 나는 내가 태어나서 어떤 시간을
느낄 수 있었던 것만이 고맙다.

어느 날 고궁을 나오면서

김수영

왜 나는 조그마한 일에만 분개하는가
저 왕궁 대신에 왕궁의 음탕 대신에
50원짜리 갈비가 기름 덩어리만 나왔다고 분개하고
옹졸하게 분개하고 설렁탕집 돼지 같은 주인년한테 욕을 하고
옹졸하게 욕을 하고

한번 정정당당하게
붙잡혀 간 소설가를 위해서
언론의 자유를 요구하고 월남 파병에 반대하는
자유를 이행하지 못하고
20원을 받으러 세 번씩 네 번씩
찾아오는 야경꾼들만 증오하고 있는가

옹졸한 나의 전통은 유구하고 이제 내 앞에 정서情緖로
가로놓여 있다
이를테면 이런 일이 있었다
부산에 포로수용소의 제14야전병원에 있을 때
정보원이 너스들과 스펀지를 만들고 거즈를
개키고 있는 나를 보고 포로경찰이 되지 않는다고

남자가 뭐 이런 일을 하고 있느냐고 놀린 일이 있었다
너스들 옆에서

지금도 내가 반항하고 있는 것은 이 스펀지 만들기와
거즈 접고 있는 일과 조금도 다름없다
개의 울음소리를 듣고 그 비명에 지고
머리에 피도 안 마른 애놈의 투정에 진다
떨어지는 은행나무잎도 내가 밟고 가는 가시밭

아무래도 나는 비켜서 있다 절정 위에는 서 있지
않고 암만해도 조금쯤 옆으로 비켜서 있다
그리고 조금쯤 옆에 서 있는 것이 조금쯤
비겁한 것이라고 알고 있다!

그러니까 이렇게 옹졸하게 반항한다
이발쟁이에게
땅주인에게는 못하고 이발쟁이에게
구청 직원에게는 못하고 동회 직원에게도 못하고
야경꾼에게 20원 때문에 10원 때문에 1원 때문에

우습지 않으냐 1원 때문에

모래야 나는 얼마큼 적으냐
바람아 먼지야 풀아 나는 얼마큼 적으냐
정말 얼마큼 적으냐……

어머니의 그륵

정일근

어머니는 그륵이라 쓰고 읽으신다
그륵이 아니라 그릇이 바른 말이지만
어머니에게 그릇은 그륵이다
물을 담아 오신 어머니의 그륵을 앞에 두고
그륵, 그륵 중얼거려 보면
그륵에 담긴 물이 편안한 수평을 찾고
어머니의 그륵에 담겨졌던 모든 것들이
사람의 체온처럼 따뜻했다는 것을 깨닫는다
나는 학교에서 그릇이라 배웠지만
어머니는 인생을 통해 그륵이라 배웠다
그래서 내가 담는 한 그릇의 물과
어머니가 담는 한 그륵의 물은 다르다
말 하나가 살아남아 빛나기 위해서는
말과 하나가 되는 사랑이 있어야 하는데
어머니는 어머니의 삶을 통해 말을 만드셨고
나는 사전을 통해 쉽게 말을 찾았다
무릇 시인이라면 하찮은 것들의 이름이라도
뜨겁게 살아 있도록 불러 주어야 하는데
두툼한 개정판 국어사전을 자랑처럼 옆에 두고
서정시를 쓰는 내가 부끄럽다

오늘 그대가 한 일들을 떠올려 보라

조지 엘리엇

해가 기울고 하루가 저물면 가만히 앉아
오늘 그대가 한 일들을 떠올려 보라
누군가의 마음을 달래 줄 따뜻한 말 한마디
세심한 배려의 행동
햇살 같은 친절한 눈빛이 있었는지를
그랬다면 그대는 오늘 하루를 잘 보냈다고 생각해도 좋으리라

하지만 하루가 다 지나도록
누구에게도 작은 기쁨을 주지 않았다면
온종일 그 긴 시간에도
누군가의 얼굴에 햇살을 비춘 일이 떠오르지 않는다면
지친 영혼을 달래 준 아주 사소한 일도 떠오르지 않는다면
그날은 차라리 없는 것보다 더 나쁜 날이었다고 하리라

그렇게 물으시니

유용선

선생님은 도대체 언제 시를 써요? 선생님이 시를 쓰시는
모습을 한 번도 뵌 적이 없어요. 보여주시는 것들은 모두
옛날에 쓰신 건가요?
혼자 있을 때, 주변에 아무도 없을 때 쓰지요.
주변에 누가 있으면 시가 써지지 않나 봐요?
그런 건 아니지만 주변에 누가 있는데 시를 쓰면 안 되지요.
예? 그건 왜 그런 건가요?
주변에 누가 있을 때는,
…………
그 사람을 사랑해야 하니까요.

SINGLE

병

공광규

고산지대에서 짐을 나르는 야크는
삼천 미터 이하로 내려가면
오히려 시름시름 아프다고 한다

세속에 물들지 않은 동물

주변에도 시름시름 아픈 사람들이 많다
이런 저런 이유로 아파
죽음까지 생각하는 사람도 있다

그런데 나는 하나도 아프지 않다

직장도 잘 다니고
아부도 잘 하고
돈벌이도 아직 무난하다

내가 병든 것이다

밖에 더 많다

이문재

내 안에도 많지만
바깥에도 많다.

현금보다 카드가 더 많은 지갑도 나다.
삼 년 전 포스터가 들어 있는 가죽가방도 나다.
이사할 때 테이프로 봉해둔 책상 맨 아래 서랍
패스트푸드가 썩고 있는 냉장고 속도 다 나다.
바깥에 내가 더 많다.

내가 먹는 것은 벌써부터 나였다.
내가 믿어온 것도 나였고
내가 결코 믿을 수 없다고 했던 것도 나였다.
죽기 전에 가보고 싶은 안데스 소금호수
바이칼 마른풀로 된 섬
샹그릴라를 에돌아가는 차마고도도 나다.
먼 곳에 내가 더 많다.

그때 힘이 없어
용서를 빌지 못한 그 사람도 아직 나다.

그때 용기가 없어
고백하지 못한 그 사람도 여전히 나다.
돌에 새기지 못해 잊어버린
그 많은 은혜도 다 나다.

아직도
내가 낯설어하는 내가 더 있다.

강아지

조병화

지금 내가 임시로 기거하고 있는
명륜동 1가, 나산빌라 현관에
언제부터인지 작은 강아지 한 마리가
매어져 있다.

보기가 측은해서
저녁 집에 돌아올 때마다
먹을 것을 사다 주었더니
내 발자국 소리만 들려도
꼬리를 흔들면서
나를 보며 이리저리 뛰며 갱갱 짖는다

아침에 집을 나갈 때도
나의 발자국 소리를 분간해서
꼬리 저으며 이리저리 뛰며 갱갱 짖는다

밤새 얼마나 사람이 그리웠을까,
집 밖에서 저 작은 것이,
하는 생각이 들면서 더욱 측은스럽다

먹을 것을 몇 번 사다 주었다고,
자기를 알아본다고,
저렇게 나의 냄새를 알아보다니,
아, 저 미물이, 하는 생각에
눈물이 핑 돈다.

하기야 이 세상 눈물 아닌 게 어디 있으랴

거 몇 번 먹을 것을 주었다고,
꼬리 흔들며 갱갱.

나를 멈추게 하는 것들
: 속도에 대한 명상 13

반칠환

보도 블록 틈에 핀 씀바귀꽃 한 포기가 나를 멈추게 한다

어쩌다 서울 하늘을 선회하는 제비 한두 마리가 나를 멈추게
한다

육교 아래 봄볕에 탄 까만 얼굴로 도라지를 다듬는 할머니의 옆모
습이 나를 멈추게 한다

굽은 허리로 실업자 아들을 배웅하다 돌아서는 어머니의 뒷모습
은 나를 멈추게 한다

나는 언제나 나를 멈추게 한 힘으로 다시 걷는다

젊은 시인에게 주는 충고

라이너 마리아 릴케

마음속의 풀리지 않는 문제들에 대해
인내를 가지라
문제 그 자체를 사랑하라
지금 당장 해답을 구하려 하지 말라
그건 지금 당장 얻을 수는 없으니까
중요한 건
모든 것을 살아 보는 것이다
지금 그 문제들을 살라
그러면 언젠가 먼 미래에
자신도 알지 못하는 사이에
삶이 너에게 해답을 가져다 줄 테니

chapter 3

인생의 절반이 되어서야 비로소 깨달은 것들

"남녀호랭이 남녀호랭이……."

그해 여름 언덕 아랫집에서 이상한 소리가 들려왔다. 중년 남녀의 반복적인 중얼거림은 무슨 주문 같았다. 그들을 둘러싸고 은밀한 무언가를 도모하는 집단인 양 이상한 소문이 동네에 돌았다. 엄마는 그 집 안주인이 풍을 맞아 몸의 반쪽을 못 쓰게 되어 사람들이 기도를 해 주는 것뿐이라고 했지만 으스스한 기분은 떨쳐지지 않았다(훗날 그 주문이 '법화경'을 이르는 '나무묘법연화경'의 일본어 발음 '남묘호렌게쿄'로, 일본의 한 불교 종파인 창가학회에서 쓰는 기도문이란 걸 알았다).

무엇을 확인하고 싶었는지 나는 그 집을 자주 흘끔거렸다. 들고나는 사람은 보이지 않았지만 시간이 멈춘 듯 정적에 휩싸인 그 집의 회색 시멘트 마당에는 알 수 없는 불안함이 고여 있었다. 그러던 어느 날 비가 추적추적 내리는데 그 집을 내려다보던 나는 뜻밖의 장면과 마주쳤다. 얇은 내복 바람의 초췌한 아주머니가 벽을 짚어 가며 힘겹게 걸음을 옮기고 있었다. 한쪽이 푹 눌린 머리, 창백한 얼굴, 흔들거리는 오른손. 아주머니와 눈이 마주치자 나는 얼른 고개를 돌렸다. 이윽고 슬그머니 한 걸음 다가가 다시 내려다보았을 때는 등뼈가 도드라진 가냘픈 등이 마루 안쪽으로

막 사라지고 있었다.

삶의 조각들은 기억의 창고에 쌓인다. 영원히 묻혀 사라지기도 하지만 어떤 조각들은 특정한 시기와 사건과 만나면서 다시 살아나 새롭게 경험되기도 한다. '아, 그때 그랬었구나' 하고 이해하는 순간을 맞이하는 것이다. 삶은 앞으로 나아갈 수밖에 없지만 순간순간 과거의 삶과 연동되어 지난 조각의 삶을 다시 살게 된다. 그런 점에서 '삶을 배운다'는 것은 삶의 경험치들을 갱신하고 이해하는 것이 아닐는지. 마치 복습을 하듯 과거를 다시 살면서 한 인간으로 겸손해지고 그럼으로써 조금 더 성숙해진다. 그리고 이럴 때 비로소 우리의 삶은 진짜 앞으로 나아가는 게 아닌가 싶다.

언덕 아랫집의 을씨년스러운 풍경과 기도가 떠오른 건 수십 년이 흘러 내 아이가 아프면서다. 중학교에 막 입학한 아이가 어느 날 발뒤꿈치에 붉은 점이 났다며 보여 주었다. 그 뒤 아이는 학교에 가지 못했다. 의사는 특별한 약이 없다며 기다리는 수밖에 없다고 했다. 답이 없을 때 할 수 있는 것은 기도밖에 없다. 나는 새벽에 일어나 깨끗한 물을 한 컵 받아 놓는 것으로 기도를 시작했다.

백 일이 지나고 이백 일이 지났다. 아이는 좋아지지 않았고 기도는 계속되었다. 그렇게 1년쯤 지난 어느 새벽이었다. 스탠드 불빛 아래 우두커니 앉아 있는데 어릴 적 이웃집에 살던 반신불수 아주머니가 떠올랐다. 이상하고 무섭게 느껴지던 주문이 실은 얼마나 뜨겁고 간절한 기도였던가. 아픈 아내와 엄마를 낫게 해 달라는 다급한 심정이 수십 년을 거슬러 내 가슴으로 전해져 왔다. 그 기도의 끝, 아주머니는 어떻게 되었을까. 집을 팔고 이사를 간 뒤 더 이상 기도 소리는 들리지 않았고 자연히 관심에서 멀어졌었다.

이웃의 슬픔이 수십 년 지나 내 집 창문을 넘어 올 거라고 생각하기에 나는 너무 어렸다. 그 새벽에 나는 기도했다. 밀린 숙제처럼. 아주머니의 병이 다 나았기를, 이상한 주문이 신묘함을 발휘하여 굳어 버린 반쪽의 몸이 싹 풀어졌기를, 그래서 자유롭게 횡보하고 다녔기를 진심으로 바랐다.

어떤 일이 기억에서 떠나지 않는 것은 그럴 만한 이유가 있다는 뜻일지 모른다. 풀지 못하고 이해하지 못한 것들, 그리고 오해들. 그것들을 풀어 가는 것이 우리의 인생 숙제이다. 과거를 향한 기도도 이뤄질까. 기도가 무엇을 이루기 위한 것이 아니라 나와 세상의 목소리를 듣는 것이라면 가능할 것도 같다. 살다 보면 분명 내 힘으로는 어쩌지 못하는 순간이 온다는 것을 이제는 안다. 그 순간들을 나는 얼마나 수긍하며 맞설 수 있을까. 감히 자신할 수 없지만 내가 할 수 있는 일에 대해 조금은 헤아려 볼 수 있다. 사실, 누구에게나 삶은 처음 아니겠는가.

오늘, 쉰이 되었다

이면우

서른 전, 꼭 되짚어보겠다고 붉은 줄만 긋고 영영 덮어버린 책들에게 사죄한다 겉 핥고 아는 체했던 모든 책의 저자에게 사죄한다

마흔 전, 무슨 일로 다투다 속맘으론 낼, 모레쯤 화해해야지 작정하고 부러 큰 소리로 옳다고 우기던 일 아프다 세상에 풀지 못한 응어리가 아프다

쉰 전, 늦게 둔 아이를 내가 키운다고 믿었다 돌이켜 보면, 그 어린 게 날 부축하며 온 길이다 아이가 이 구절을 마음으로 읽을 때쯤이면 난 눈썹 끝 물방울 같은 게 되어 있을 게다

오늘 아침, 쉰이 되었다, 라고 두 번 소리내어 말해보았다
서늘한 방에 앉았다가 무릎 한번 탁 치고 빙긋이 혼자 웃었다
이제부턴 사람을 만나면 좀 무리를 해서라도
따끈한 국밥 한 그릇씩 꼭 대접해야겠다고, 그리고
쓸쓸한 가운데 즐거움이 가느다란 연기처럼 솟아났다

한쪽 어깨

이상교

친구와
우산 한 개를
나눠 쓰고 걸었다.

어깨를 가까이 하고
걸었는데도
내 한쪽 어깨가
다 젖었다.

젖은 어깨가
축축했다.

친구 어깨는
젖지 않았다.

"내 어깨는
조금 젖었어."
말하고 웃었다.

아버지의 마음

김현승

바쁜 사람들도
굳센 사람들도
바람과 같던 사람들도
집에 돌아오면 아버지가 된다.

어린 것들을 위하여
난로에 불을 피우고
그네에 작은 못을 박는 아버지가 된다.

저녁 바람에 문을 닫고
낙엽을 줍는 아버지가 된다.

세상이 시끄러우면
줄에 앉은 참새의 마음으로
아버지는 어린 것들의 앞날을 생각한다.
어린 것들은 아버지의 나라다 — 아버지의 동포다.

아버지의 눈에는 눈물이 보이지 않으나
아버지가 마시는 술에는 항상 보이지 않는 눈물이 절반이다.

아버지는 가장 외로운 사람이다.
아버지는 비록 영웅이 될 수도 있지만…

폭탄을 만드는 사람도
감옥을 지키던 사람도
술 가게의 문을 닫는 사람도
집에 돌아오면 아버지가 된다.
아버지의 때는 항상 씻김을 받는다.
어린 것들이 간직한 그 깨끗한 피로…

내가 이제 깨달은 것은

작가 미상

내가 이제 깨달은 것은
사랑을 포기하지 않으면 기적은 정말 일어난다는 것
누군가를 사랑하는 마음은 숨길 수 없다는 것
이 세상에서 제일 훌륭한 교실은 노인의 발치라는 것
'하룻밤 사이의 성공'은 보통 15년이 걸린다는 것
어렸을 때 여름날 밤 아버지와 함께
동네를 걷던 추억은 일생의 버팀돌이 된다는 것
삶은 두루마리 화장지 같아서 끝으로 갈수록 더욱 빨리 사라진다는 것
돈으로 인간의 품격을 살 수 없다는 것
삶이 위대하고 아름다운 이유는
매일매일 일어나는 작은 일들 때문이라는 것
하느님도 여러 날 걸린 일을 우리는 하루 만에 하려 든다는 것
마음의 상처를 치유하는 것은 시간이 아니라 사랑이라는 것
부모님이 돌아가시기 전에 단 한 번이라도
사랑한다는 말을 하지 못한 것은 영원히 한이 된다는 것
우리 모두는 다 정상에 서고 싶어 하지만
행복은 그 산을 올라가는 과정 속에 있다는 것

짐과 집

김언

짐이 많아서 이사 가기가 힘들다. 이 짐을 다 어찌해야 할지 몰라 가까운 사람들에게 요청했다. 가지고 싶은 것이 있으면 무엇이든 가져가라고. 단 내게 꼭 필요한 물건들만 빼고. A가 와서 소파를 가지고 갔다. 나한테는 필요 없는 물건이다. B가 와서 티브이를 가지고 갔다. 이 또한 필요 없는 물건이다. C가 와서 냉장고를 짊어지고 갔다. 저 또한 필요가 없는 물건이다. D가 와서 책상과 의자와 책꽂이와 그리고 산더미 같은 책을 트럭에 싣고 갔다. 아까워해봤자 더는 필요가 없는 물건이다. 남아 있는 물건이 하루하루 줄어들수록 나의 고민도 하루하루 줄어들고 드디어 홀가분한 마음으로 이사할 수 있는 날이 다가왔다. 이삿날 친구들이 나의 이사를 돕겠다고 찾아왔다. 짐이라곤 나 하나뿐이라는 사실을 알고는 으쌰으쌰 힘을 모아서 새집으로 나를 옮겨놨다. 나는 얌전히 새로 지은 집에 들어가서 누워 있다. 너무도 편안한 자세로 누워서 가끔은 이런 생각을 한다. 이 또한 내게 꼭 필요한 물건이었을까?

산머루

고형렬

강원도 부론면 어디쯤 멀리 가서
서울의 미운 사람들이 그리워졌으면.
옛날 서울을 처음 올 때처럼
보고 싶었던 사람들, 그 이름들
어느새 이렇게 미워지고 늙었다.
다시 진부 어디쯤 멀리 떨어져 살아
미워진 사람들 다시 보고 싶게
시기와 욕심조차 아름다워졌으면.
가뭄 끝에 펑펑 쏟아지는 눈처럼
서울 어느 밤의 특설령처럼
못 견디게 그리운 사랑이 되었으면.
그러나 우린 모두 사라질 것이다.

발작

황지우

삶이 쓸쓸한 여행이라고 생각될 때
터미널에 나가 누군가를 기다리고 싶다
짐 들고 이 별에 내린 자여
그대를 환영하며
이곳에서 쓴맛 단맛 다 보고
다시 떠날 때
오직 이 별에서만 초록빛과 사랑이 있음을
알고 간다면
이번 생에 감사할 일 아닌가
초록빛과 사랑; 이거
우주 奇蹟(기적) 아녀

나이

김재진

나이가 든다는 것은 용서할 일보다
용서받을 일이 많아지는 것이다.
나이가 든다는 것은 보고 싶은 사람보다
볼 수 없는 사람이 많아지는 것이다.
나이가 든다는 것은
기다리고 있던 슬픔을 순서대로 만나는 것이다.
세월은 말을 타고 가고
나이가 든다는 것은 마침내
가장 사랑하는 사람과도 이별하게 되는 것이다.

비에도 지지 않고

미야자와 겐지

비에도 지지 않고
바람에도 지지 않고
눈보라와 여름 더위에도 지지 않는
튼튼한 몸으로
욕심도 없고
절대로 화내지 않으며
언제나 조용히 미소 짓네
하루에 현미 네 홉과
된장과 채소를 조금 먹고
모든 일에 자기 이익을 따지지 않고
바르게 보고 듣고 이해하고
그리고 잊지 않네
들판의 소나무 숲 그늘 아래
작은 이엉지붕 오두막에 살며
동쪽에 병든 아이 있으면
찾아가 돌봐주고
서쪽에 고달픈 어머니가 있으면
가서 볏단을 대신 져 주고
남쪽에 죽어 가는 사람이 있으면

가서 두려워하지 마십시오, 보듬어 주고
북쪽에 다툼과 분쟁이 있으면
허망할 뿐이니 그만두라 말리고
가물 때에는 눈물을 흘리고
냉해 든 여름에는 허둥대며
모두에게 바보라고 불리는
칭찬도 받지 않고
근심도 주지 않는
그런 사람이
나는 되고 싶네

삶

안도현

게는 이 세상이 질척질척해서
진흙 뻘에 산다
진흙 뻘이 늘 부드러워서
게는 등껍질이 딱딱하다
그게 붉은 투구처럼 보이는 것은
이 세상이 바로 싸움터이기 때문이다
뒤로 물러설 줄 모르고
게가 납작하게 엎드린 것은
살아 남고 싶다는 뜻이다
끝끝내

그래도 붙잡히면?
까짓것, 집게발 하나쯤 몸에서 떼어주고 가는 것이다
언젠가는 새살이 상처 위에
자신도 모르게 몽개몽개 돋아날 테니까

오래된 기도

이문재

가만히 눈을 감기만 해도
기도하는 것이다.

왼손으로 오른손을 감싸기만 해도
맞잡은 두 손을 가슴 앞에 모으기만 해도
말없이 누군가의 이름을 불러주기만 해도
노을이 질 때 걸음을 멈추기만 해도
꽃 진 자리에서 지난 봄날을 떠올리기만 해도
기도하는 것이다.

음식을 오래 씹기만 해도
촛불 한 자루 밝혀놓기만 해도
솔숲 지나는 바람 소리에 귀기울이기만 해도
갓난아기와 눈을 맞추기만 해도
자동차를 타지 않고 걷기만 해도

섬과 섬 사이를 두 눈으로 이어주기만 해도
그믐달의 어두운 부분을 바라보기만 해도
우리는 기도하는 것이다.

바다에 다 와가는 저문 강의 발원지를 상상하기만 해도
별똥별의 앞쪽을 조금 더 주시하기만 해도
나는 결코 혼자가 아니라는 사실을 받아들이기만 해도
나의 죽음은 언제나 나의 삶과 동행하고 있다는
평범한 진리를 인정하기만 해도

기도하는 것이다.
고개 들어 하늘을 우러르며
숨을 천천히 들이마시기만 해도.

어떻게 죽을 것인가

아툴 가완디

나이 들어 병드는 과정에서는
적어도 두 가지 용기가 필요하다.

하나는 삶에 끝이 있다는
현실을 받아들일 수 있는 용기다.

이는 무얼 두려워하고
무얼 희망할 수 있는지에 대한
진실을 찾으려는 용기다.
그런 용기를 갖는 것만도 어려운 일이다.
우리는 이런저런 이유로
그 진실을 직면하기를 꺼린다.
그런데 이보다 훨씬 더 어려운 용기가 있다.

바로 우리가 찾아낸 진실을 토대로
행동을 취할 수 있는 용기다.

문제는 어떤 것이 현명한 길인지
알기 어려운 때가 너무도 많다는 점이다.

결국 우리의 궁극적인 목표는
'좋은 죽음'이 아니라
마지막 순간까지 '좋은 삶'을 사는 것이다.

—《어떻게 죽을 것인가》 중에서, 부키

별똥별과 소원

이원규

지리산에는 첫눈이 오시느라 보이지 않지만
저 눈발 속으로 별똥별도 함께 내릴 것이다.

그 중에 하나쯤은
칠선계곡에 깃든 산토끼의 머리맡에도 떨어질 것이다.
저를 향해 달려오는 별똥별을 보며
산토끼 저도 한 가지 소원은 빌 것이다.
"이대로 영원히 산토끼일 수 있기를!"

이보다 더한 별똥별의 축복이 어디 있으랴.
주문처럼 일평생 외워야 할 유일한 소원.
무련, 그대도 나도 밤하늘을 보며 빌어보는가.
"영원히 이대로 나는 나이기를!"

chapter 4

이누이트 족의 언어에 '훌륭한'이라는 단어가 없는 이유

◇

공기가 무겁다. 커튼을 열자 눈발이 날린다. 첫눈이다. 부탄에서는 첫눈 오는 날이 국경일이다. 첫눈 오는 날 만나자는 우정과 사랑의 약속처럼, 부탄 정부와 국민이 한 약속이다. 고산의 건조한 땅에 눈은 귀한 물이 된다. 식수가 되고 농수가 된다. 눈이 오면 농부들은 싱싱한 채소를 거둘 수 있게 되었다며 좋아한다. 그처럼 농부들의 기쁨을 함께 나누자는 뜻에서 국경일로 정했다. 경제 총생산량보다 행복 총생산량을 늘리는 것이 부탄이란 나라의 목표이다.

큰돈 들이지 않고 행복해질 수 있는 것들, 눈이 그렇다. 눈이 내리면 시간은 따스하고 느리게 흐른다. 그리고 누구나 눈에 얽힌 에피소드 몇 개쯤은 갖고 있다. 설담雪談이다. 교육 사업을 하는 Y대표와 지리산 스님이 들려준 이야기가 있다.

Y대표는 최전방에서 군 생활을 했다. 그에게 가장 힘든 일은 영하 30도까지 내려가는 한겨울 새벽에 서는 경계 근무였다. 맹렬한 추위에 1분 1초라도 교대 시간이 빨리 오기만을 바라지만 기다림은 시간을 더디 흐르게 한다. 그러나 군대에서 시간을 빠르게 흐르게 하는 방법 또한 기다림밖에 없다. 두툼한 하얀 이불을 덮

은 듯 정지된 풍경 속에 유일하게 움직이는 건 함께 근무를 서는 동료였다. 왜 그랬는지 모르지만 그는 어느 순간 동료와 등을 딱 붙이고 서 있었다. 마주한 등에서 동료의 체온이 전해졌다. '따뜻한가요?'라고 굳이 묻지 않아도 되었다. 혹한의 추위를 견디는 데 그 작은 미열만으로도 충분했기 때문이다.

스님은 지리산 자락에 있는 방 하나 부엌 하나인 암자에서 수 년째 홀로 수행 중이다. 눈이 오면 암자로 통하는 길이 끊어진다. 겨울에 며칠씩 암자에 갇히는 일은 이제 자연스러운 일상이 되었다. 버려진 암자에 와서 처음 맞은 겨울의 일이다. 양식이 떨어지고 눈이 내리기 시작하자 스님은 산 아래로 내려가 겨울을 나야겠다고 생각했다. 간단한 짐을 챙겨 어깨에 메고 눈 덮인 산길을 내려가는데 그새 눈이 쌓여 그만 길이 사라지고 말았다. 사방이 흰 눈밭이었다. 더럭 불안감이 몰려왔다. 이미 해가 넘어가고 있었다. 눈발은 약해졌지만 온몸이 얼어 이러다 죽을 수도 있겠다 싶었다. 필사적으로 길을 더듬어 내려갔다. 다리가 눈 속에 푹 빠지는가 싶더니 그대로 고꾸라졌다. 스님은 눈 위에 벌러덩 누워 버렸다. 에라 모르겠다는 심정이었다. 하늘의 별들이 쏟아질 듯했다.

그중의 하나가 지상으로 내려왔을까. 멀리 불빛 하나가 반짝였다. 외딴 민가라고 생각했다. 스님은 벌떡 일어나 빛을 향해 걷기 시작했다. 땀이 비 오듯 했다. 마침내 시야에 집이 들어오는 순간, 스님은 그 자리에 우뚝 멈춰서고 말았다. 스님이 오후 나절 떠나온 바로 그 암자였기 때문이다. 노란 창호지 불빛에 스님의 얼굴이 따뜻하게 물들었다. 스님이 지금까지 토굴 수행을 멈추지 않은 건 그날의 불빛에서 흘러나온 어떤 힘이 작용해서일 거라고, 나는 짐작한다.

충분하다는 것은 단지 많음이 아니다. 무르익기 위한 축적의 시간일 수도 있고 무언가를 완성하기 위한 마지막 조각일 수도 있다. 그러나 어떤 순간이라도 우리가 기뻐하고 행복하다고 느낀다면 이미 모든 것은 충분하다고 할 수 있지 않을까. 양量이 아닌 어떤 상태, 추위 속에서 동료의 체온이 견딜 수 있는 힘이 되어 주고, 어두워진 다음에야 불빛을 발견하고 멀리 갈 수 있는 힘을 구한 것처럼.

무수한 말보다 따스한 한마디로 위로를 받고, 많은 수의 친구보다 마음을 오롯이 나눌 수 있는 한 명이라도 있으면 우리는 충분하다고 말한다. 그런 의미에서 충분하다는 것에 대해 생각해 보면 일상에서 나만의 기쁨을 만들어 가는 조건들에 대해 좀 더 너그러울 수 있지 않을까.

알래스카 원주민 이누이트 족의 토착어에는 '훌륭한'이란 단어가 없다고 한다. 그래서 훌륭한 사냥꾼도 없고 훌륭한 남자도 없고 훌륭한 여자도, 훌륭한 인간도 없다. 우리는 존재하므로 살아간다. 그러니 시시한 인생도 훌륭한 인생도 없다. 세상은 지금 나의 존재만으로 충분하다. 이론 물리학자인 로렌스 크라우스는 말했다.

"목적이 없는 우주에서 산다는 것은 정말로 놀랍고도 신명나는 일이다. 우주에 아무런 목적이 없었기 때문에 우연히 탄생한 생명과 의식이 더욱 값지게 느껴진다. 이 가치가 얼마나 지속될지는 알 수 없지만 적어도 태양이 살아 있는 동안은 결코 퇴색하지 않을 것이다."

지나치게 훌륭해지려는 노력들이 우리를 상심에 빠트리고 아프게 한다. 나 자신과 타인에게 연민을 느끼지 않을 수 없는 이유이다. 더 이상 훌륭해지려고 너무 애쓰지 말라. 그럼에도 자꾸만

스스로를 괴롭히고 있다면 틱낫한 스님의 말을 기억하라.

"한 송이 꽃은 남에게 봉사하기 위해 무언가를 할 필요가 없다. 오직 꽃이기만 하면 된다. 그것으로 충분하다. 한 사람의 존재는 만일 그가 진정한 인간이라면 온 세상을 기쁘게 하기에 충분하다."

있는 그대로 충분하다는 말, 참 멋지지 않은가.

나는 성공하고자 힘을 구했지만

어느 병사의 기도

나는 성공하고자 힘을 구했지만
신은 겸손과 순종을 배우도록 나를 약하게 만드셨습니다.

나는 큰일을 이루고자 건강을 구했지만
신은 더 의미 있는 일을 하도록 나에게 병약한 몸을 주셨습니다.

나는 행복해지고자 부를 구했지만
신은 지혜로운 사람이 되도록 나에게 가난을 주셨습니다.

나는 사람들의 찬사를 받을 수 있는 권력을 구했지만
신은 당신의 존재를 알도록 나에게 연약함을 주셨습니다.

나는 인생을 즐기고자 모든 것을 구했지만
신은 나에게 모든 것에 감사하는 삶을 주셨습니다.

나는 모든 것을 소망했지만 아무것도 얻지 못했습니다.
그럼에도 불구하고 많은 것을 받았습니다.

신은 나라는 아주 작은 존재의 하찮은 기도를
모두 들어주셨습니다.

신이시여, 참으로 고맙습니다.

비수

프란츠 카프카

어떤 사람이
비수처럼 느껴질 때
날카로운 것으로
당신의 마음을 마구 휘젓고
가슴 에이게 한다면

당신은 그를
사랑하고 있는 것.

서두르지 마라

찰스 슈와프

경험이 풍부한 노인은
곤란한 일에 부딪혔을 때,
서두르지 말고
내일까지 기다리라고 말한다.

사실, 하루가 지나면
좋든 나쁘든
사정이 달라질 수 있다.

노인은 시간의 비밀을 알고 있다.

사람의 힘으로는 해결 못한 일들을
시간이 해결해 주는 일들이 가끔 있다.

오늘 해결 못할 문제는
우선 푹 자고 일어나서
내일 다시 생각하는 것이 좋다.

곤란한 문제를

해결하려 서두르기보다
한 걸음 물러서
조용히 응시하는 것이 현명하다.

물 끓이기

정양

한밤중에 배가 고파서
국수나 삶으려고 물을 끓인다
끓어오를 일 너무 많아서
끓어오르는 놈만 미친 놈 되는 세상에
열받은 냄비 속 맹물은
끓어도 끓어도 넘치지 않는다

血食(혈식)을 일삼는 작고 천한 모기가
호랑이보다 구렁이보다
더 기가 막히고 열받게 한다던 다산 선생
오물수거비 받으러 오는 말단에게
신경질부리며 부끄럽던 김수영 시인
그들이 남기고 간 세상은 아직도
끓어오르는 놈만 미쳐 보인다
열받는 사람만 쑥스럽다

흙탕물 튀기고 간 택시 때문에
문을 쾅쾅 여닫는 아내 때문에
'솔'을 팔지 않는 담뱃가게 때문에

모기나 미친개나 호랑이 때문에 저렇게
부글부글 끓어오를 수 있다면
끓어올라 넘치더라도 부끄럽지도
쑥스럽지도 않은 세상이라면
그런 세상은 참 얼마나 아름다우랴

배고픈 한밤중을 한참이나 잊어버리고
호랑이든 구렁이든 미친개든 말단이든
끝까지 끓어올라 당당하게
맘 놓고 넘치고 싶은 물이 끓는다

용서

잘랄루딘 루미

잘함과 잘못함이라는 생각 너머에는
널찍한 뜰이 존재하지.
나는 거기서 당신을 만나리.
영혼이 그 풀밭에 누우면
말할 거리가 너무나 넘쳐 난다네.
생각과 언어,
심지어 '서로'라는 말조차도
무의미해지는 곳.

계산에 대하여

나희덕

계산을 하지 말고 살아야겠다
모든 계산은
부정확하지는 않아도
불가능한 거라는 생각이 든다
계산을 하는 동안에도
자본은 운동을 멈추지 않기 때문이다
지금 이 순간에도
어느 구좌에선가 이자가 올라가고 있고
수수료와 세금과 연체료가 빠져나가고 있고
나도 모르는 사이에
나의 재산은 불어 가거나 녹아 가고 있다
모든 존재는
언덕 아래로 굴러내리는 눈덩이와 같으니
모든 계산은
그 눈덩이의 지름을 재는 일과도 같다
계산을 한다는 것은
순간을 환산할 수 있다는 장담처럼
영원을 측량할 수 있다는 믿음처럼
어리석은 일, 계산을 마치는 순간

그 수치는 돌덩이가 되어 나를 누르고
구르는 동안 욕망의 옷을 입기 시작할 것이다
부디 계산을 마치지 말자
그래도 우리는 그 위에 꽃 피우며 잘도 산다
돌 위에 뿌리 내린 풍란처럼
아슬아슬하게, 그러나 제법 향기롭게

첫사랑

정세훈

녀석이 나보다
부잣집 아들이었다는 것도
학업을 많이 쌓았다는 것도
돈을 많이 벌었다는 것도
그 어느 것 하나 부럽지 않았다

다만, 녀석이
내 끝내 좋아한다는 그 말 한마디
전해지 못했던 그녀와
한 쌍이 되었다는 소식이 들려왔을 적

난 그만
녀석이 참으로 부러워
섧게 울어버렸다

어떤 것을 알고자 한다면

존 모피트

어떤 것을 알고자 한다면
정말로 그것을 알려고 한다면
오랫동안 바라보아야 한다.
초록을 보면서
"이 숲에서 봄을 보았다"라고 말하는 것은
충분하지 않다.
네가 바라보는 그것이 되어야 한다.
양치식물 잎사귀의 까실한 솜털과
꼬불거리는 검은 줄기가 되어야 하고,
잎사귀들 사이의 작은 고요 속으로
들어갈 수 있어야 한다.
시간을 충분히 들여서
그 잎사귀들에서 흘러나오는
평화로움을 만질 수 있어야 한다.

인생은 아름다워

쥘 르나르

◆

매일 아침에 눈을 뜰 때마다
이렇게 말해 보는 것도 좋을 것이다
눈이 보인다
귀가 들린다
몸이 움직인다
기분도 그다지 나쁘지 않다
고맙다!
인생은 아름다워

인간론

알렉산더 포프

◆

모든 자연은 다만 그대가 알지 못하는 예술
모든 우연은 그대가 보지 못하는 인과
모든 부조화는 이해되지 못한 조화
모든 부분적인 악은 전체적인 선
그리고 오만과 이성의 오류에도 불구하고
명백한 하나의 진리가 있으니
'존재하는 모든 것은 옳은 것'이니라

선택의 가능성

비스와바 쉼보르스카

영화를 더 좋아한다.

고양이를 더 좋아한다.

바르타 강가의 떡갈나무를 더 좋아한다.

도스토옙스키보다 디킨스를 더 좋아한다.

인류를 사랑하는 나 자신보다

사람들을 사랑하는 나 자신을 더 좋아한다.

실이 꿰어진 바늘을 갖는 것을 더 좋아한다.

초록색을 더 좋아한다.

모든 잘못은 이성이나 논리에 있다고

단언하지 않는 편을 더 좋아한다.

예외적인 것들을 더 좋아한다.

집을 일찍 나서는 것을 더 좋아한다.

의사들과 병이 아닌 다른 일에 관해서 이야기 나누는 것을 더 좋아한다.

오래된 줄무늬 도안을 더 좋아한다.

시를 안 쓰고 웃음거리가 되는 것보다

시를 써서 웃음거리가 되는 편을 더 좋아한다.

사랑과 관련하여 매일매일을 기념하는 것보다는

비정기적인 기념일을 챙기는 것을 더 좋아한다.

나에게 아무것도 섣불리 약속하지 않는
도덕군자들을 더 좋아한다.
지나치게 쉽게 믿는 것보다 영리한 선량함을 더 좋아한다.
민간인들의 영토를 더 좋아한다.
정복하는 나라보다 정복당한 나라를 더 좋아한다.
만일에 대비하여 뭔가를 비축해놓는 것을 더 좋아한다.
정리된 지옥보다 혼돈의 지옥을 더 좋아한다.
신문의 제1면보다 그림 형제의 동화를 더 좋아한다.
잎이 없는 꽃보다 꽃이 없는 잎을 더 좋아한다.
품종이 우수한 개보다 길들지 않은 똥개를 더 좋아한다.
내 눈이 짙은 색이므로 밝은 색 눈동자를 더 좋아한다.
책상 서랍들을 더 좋아한다.
여기에 열거하지 않은 많은 것들을
마찬가지로 여기에 열거하지 않은 다른 많은 것들보다 더 좋아한다.
숫자의 대열에 합류하지 않은
자유로운 제로(0)를 더 좋아한다.
기나긴 별들의 시간보다 하루살이 풀벌레의 시간을 더 좋아한다.
불운을 떨치기 위해 나무를 두드리는 것을 더 좋아한다.

얼마나 남았는지, 언제인지 물어보지 않는 것을 더 좋아한다.
존재, 그 자체가 당위성을 지니고 있다는
일말의 가능성에 주목하는 것을 더 좋아한다.

사랑에게

정호승

나의 눈물에는 왜 독이 들어 있는가
봄이 오면 봄비가 고여 있고
겨울이 오면 눈 녹은 맑은 물이
가득 고여 있는 줄 알았더니
왜 나의 눈물에는 푸른 독이 들어 있는가
마음에 품는 것마다
다 독이 되던 시절이 있었으나
사랑이여
나는 이제 나의 눈물에 독이 없기를 바란다
더 이상 나의 눈물이
당신의 눈물을 해치지 않기를 바란다
독극물이 든 검은 가방을 들고
가로등 불빛에 길게 그림자를 남기며
더 이상 당신 집 앞을
서성거리지 않게 되기를 바란다
살아간다는 것은 독을 버리는 일
그동안 나도 모르게 쌓여만 가던 독을 버리는 일
버리고 나서 또 버리는 일

눈물을 흘리며
해독의 시간을 맞이하는 일

익어 떨어질 때까지

정현종

기다린다, 익어 떨어질 때까지,

만사가 익어 떨어질 때까지,

(될성부른가)

노래든 사귐이든,

무슨 작은 발성發聲이라도

때가 올 때까지,

(게으름 아닌가)

익어

떨어질

때까지.

chapter 5

나는 정말
잘 살아가고 있는 걸까

횡단보도에서 파란불이 켜지기를 기다리고 있는데 옆에 있던 그가 문득 말했다.

"실장님, 제 꿈은 남극에 혹등고래를 보러 가는 거예요."

지구에서 가장 큰 생물체라는 혹등고래. 텔레비전을 통해 거대한 몸집으로 자유롭게 헤엄치고 바닷물을 분수처럼 뿜어 올리는 장관을 보면서 나는 그것을 직접 보고 싶다는 생각을 해 본 적이 없다. 하지만 나는 그에게 '너는 왜 하필 혹등고래냐'고 묻지 않았다.

그는 아이와 아내가 있는 성실한 가장이다. 집값 때문에 이사를 가야 하는 형편에도 매달 시민단체와 봉사단체에 약간의 기부금을 냈다. 가방에는 늘 책이 들어 있었고, 무료 특강을 부지런히 검색해서 들으러 다녔다. 한번은 버스 기사와 승객 사이에 실랑이가 벌어지자 이를 지나치지 못하고 중재에 나서는 그를 먼발치에서 지켜보았다. 검은 뿔테 안경을 낀 그의 선량한 눈은 가끔은 생각이 너무 많아 보이기도 했다. 그가 이직을 하고 나도 회사를 그만둔 뒤에도 간혹 동물 다큐멘터리에서 혹등고래를 보면 자연스레 그의 얼굴이 떠올랐다.

헨리 데이비드 소로의 《월든》이 1993년 국내 초역되어 출간

되었을 때 역자의 형님으로부터 책을 얻는 행운이 있었다. 그때는 책보다 역자인 강승영 선생의 이야기가 더 와닿았다. 미국 유학 시절에 이 책을 읽고 번역을 결심, 소로가 머문 콩코드 숲과 월든 호수를 여러 번 찾아가 번역에 공을 들였다는 것, 그리고 직접 출판사를 열고 책을 출간하기까지. 무엇이 유학생의 길을 바꾸었을까, 하면서 펼쳐든 책이 《월든》이었다. 많은 사람들의 애장서가 된 《월든》은 언제고 책장에서 꺼내 아무데나 펼쳐 읽어도 좋았다. 울적한 날엔 필사를 하기도 했는데 뒤늦게 역자의 마음이 이런 것이었을까 짐작해 보는 문장이 있었다.

"내가 숲속으로 들어간 것은 인생을 의도적으로 살아 보기 위해서였으며, 인생의 본질적인 사실만을 직면해 보려는 것이었으며, 인생이 가르치는 바를 내가 배울 수 있는지 알아보고자 했던 것이다. 그리하여 마침내 죽음을 맞이했을 때 내가 헛된 삶을 살았구나 하고 깨닫는 일이 없도록 하기 위해서였다. 나는 삶이 아닌 것은 살지 않으려고 했으니, 삶은 그처럼 소중한 것이다. 나는 생을 깊게 살기를, 인생의 모든 골수를 빼 먹기를 원했으며, 강인하고 엄격하게 살아, 삶이 아닌 것은 모두 때려 엎기를 원했다."

소로는 홀로 콩코드 숲으로 들어간 이유를 이렇게 적었다. 그는 이웃에서 빌린 도끼로 5개월 만에 폭 3미터 길이 4.5미터의 작은 오두막을 완성했다. 그리고 농사를 짓고 물고기를 잡으며 철저한 자급자족으로 살았다. 월든 호숫가의 2년간의 삶, 소로는 아무것도 필요하지 않았으며 또 아무것도 바라지 않았다. 하지만 즐겁게 일하고 단순하게 먹고 자유롭게 생각하는 단조로운 일상이 소로를 자연과 사회, 인간과 영혼에 대해 깊이 사색하도록 이끌었다. 인간 삶의 가장 큰 덕목은 스스로 선택하는 자유 의지에 있다. 소로가 말하는 헛된 삶은 자유 의지가 무시당하는 때일 것이다.

나의 옛 동료, 혹등고래 친구를 7년여 만에 우연히 만났다. 근처 카페에서 실컷 수다를 떨었다. 헤어질 즈음에 그는 이렇게 말했다.

"저 귀농합니다. 내일모레 밀양으로 내려가요."

그는 진짜 혹등고래를 만나려 하고 있었다. '의도적으로 살아보기', '인생의 본질적인 사실을 직면해 보는 것' 말이다. 그리고 한 달 뒤, 그에게서 매화꽃 사진과 함께 짧은 메일이 왔다.

'1월에 저 먼저 내려오고 집 이사는 2월에 했어요. 이사 마치고 정리하느라 그전까진 컴퓨터도 없어 소식을 전하지 못했습니다. 농한기라 농사일은 한가로워 요즘에는 축사에서 가축을 돌보고 있어요. 오늘 아침에 염소가 새끼를 세 마리나 낳았답니다. ㅎㅎ'

메일을 읽으며 나는 다시 《월든》을 떠올렸다.

"누구든 자신의 꿈을 좇아 확신을 가지고 나아간다면, 자신이 상상한 삶을 살아가려 노력한다면 그는 예기치 않은 평범한 시간에 성공을 만나게 될 것이다. 어떤 것들은 뒤에 버려두고 또 보이지 않는 경계를 넘어서기도 할 것이다. 새롭고 보편적이며 더 자유로운 법칙이 그의 주위와 내부에 자리잡게 될 것이다. 아니면 낡은 법칙들이 그에게 맞게 더욱 자유로운 의미로 확대되고 해석될 것이다. 그리하여 그는 더 높은 존재의 질서 속에 살아가는 면허를 얻게 될 것이다. 삶을 단순화하면 할수록 세계의 법칙은 덜 복잡해질 것이고, 고독이 고독이 아니며, 가난이 가난이 아니고, 유약함이 유약함이 아니게 될 것이다. 허공 중에 누각들을 지었더라도 그대의 일은 허사이지 않으니 거기가 그것들이 있어야 할 곳이기 때문이다. 이제 그 아래 기초를 놓으면 될 일이다."

우리는 어떤가. 혹등고래 친구처럼 인생의 본질적인 사실을 직면하고 있을까? 삶이 아닌 것을 모두 뒤엎을 용기가 있을까? 생을 깊게 살고 있을까?

회색양말

김기택

회색양말을 신고 나갔다가 집에 와 벗을 때 보니
색깔이 비슷한 짝짝이 양말이었다.
이젠 아무래도 좋다는 것인가.
비슷하면 무조건 똑같이 읽어버리는 눈.
작은 차이를 일일이 다 헤아려보는 것이 귀찮아
웬만한 것은 모두 하나로 묶어버리는 눈.
무차별하게 뭉뚱그려지는
숫자들 글자들 사람들 풍경들 앞에서
주름으로 웃는 눈.
웃음으로 얼버무리면 마냥 사람 좋아 보이는 얼굴.
이젠 아무래도 좋단 말인가.
빨래바구니에 처박히자마자
저마다 다른 발모양과 색깔과 무늬와 질감을 버리고
빨랫감 하나로 뭉뚱그려지는 양말들.

그리하여 어느 날, 사랑이여

최승자

한 숟갈의 밥, 한 방울의 눈물로
무엇을 채울 것인가,
밥을 눈물에 말아먹는다 한들.

그대가 아무리 나를 사랑한다 해도
혹은 내가 아무리 그대를 사랑한다 해도
나는 오늘의 닭고기를 씹어야 하고
나는 오늘의 눈물을 삼켜야 한다.
그러므로 이젠 비유로써 말하지 말자.
모든 것은 콘크리트처럼 구체적이고
모든 것은 콘크리트 벽이다.
비유가 아니라 주먹이며,
주먹의 바스라짐이 있을 뿐,

이제 이룰 수 없는 것을 또한 이루려 하지 말며
헛되고 헛됨을 다 이루었도다고도 말하지 말며

가거라, 사랑인지 사람인지,
사랑한다는 것은 너를 위해 죽는 게 아니다.

사랑한다는 것은 너를 위해
살아,
기다리는 것이다,
다만 무참히 꺾여지기 위하여.

그리하여 어느 날 사랑이여,
내 몸을 분질러다오.
내 팔과 다리를 꺾어

네

꽃
병
에

꽂
아
다
오

생의 일들에 덜 몰두한다는 것

달라이 라마

이 생生의
여러 일에 쏠리는 마음을
줄여야 한다는 것은,
일상에서 해야 할 일을
아주 단념하라는 뜻이 아닙니다.
삶의 파도에 따라
어느 때는 뛸 듯이 기뻤다 우울해졌다 하고,
어떤 일에 이득을 보면 좋아서 어쩔 줄 모르다가
꼭 갖고 싶었던 무엇을 얻지 못하면
당장 창밖으로 뛰어내릴 것처럼 속상해하는
본능적인 마음을
조심하라는 뜻입니다.
이 생의 일들에 덜 몰두한다는 것은
삶에서 높은 파도를 만나더라도
넓고 깊은
고요한 마음을 지킨다는 말입니다.

밤의 이야기 20

조병화

고독하다는 건
아직도 나에게 소망이 남아 있다는 거다
소망이 남아 있다는 건
아직도 나에게 삶이 남아 있다는 거다
삶이 남아 있다는 건
아직도 나에게 그리움이 남아 있다는 거다
그리움이 남아 있다는 건
보이지 않는 곳에
아직도 너를 가지고 있다는 거다

이렇게 저렇게 생각을 해보아도
어린 시절의 마당보다 좁은
이 세상
인간의 자리
부질없는 자리

가리울 곳 없는
회오리 들판

아, 고독하다는 건
아직도 나에게 소망이 남아 있다는 거요
소망이 남아 있다는 건
아직도 나에게 삶이 남아 있다는 거요
삶이 남아 있다는 건
아직도 나에게 그리움이 남아 있다는 거요
그리움이 남아 있다는 건
보이지 않는 곳에
아직도 너를 가지고 있다는 거다.

COTTON
BLACK

자탄自歎 - 지난 세월을 한탄하며

퇴계 이황

이미 지나간 세월이라 나에게는 안타깝지만
그대는 지금 시작하면 되니 무엇이 걱정이오.
조금씩 흙을 쌓아 산을 이루는 그날까지
너무 꾸물대지도 말고 너무 서둘지도 말게.

— 퇴계 이황이 예순네 살 때 제자 김취려에게 준 글

엄마의 발

김승희

딸아, 보아라,
엄마의 발은 크지,
대지의 입구처럼
지붕 아래 대들보처럼
엄마의 발은 크지,

엄마의 발은 크지만
사랑의 노동처럼 크고 넓지만
딸아, 보았니,
엄마의 발은 안쪽으로 안쪽으로
근육이 밀려
꼽추의 혹처럼
문둥이의 콧잔등처럼
밉게 비틀려 뭉그러진 전족의
기형의 발

신발 속에선 다섯 발가락
아니 열 개의 발가락들이
도화선처럼 불꽃을 튕기며

아파아파 울고
부엉부엉 후진국처럼 짓밟히어
평생을 몸살로 시름시름 앓고

엄마의 신발 속엔
우주에서 길을 잃은
하얀 야생별들의 무덤과
야생조들의 신비한 날개들이
감옥창살처럼 종신수로 갇히어
창백하게 메마른 쇠스랑꽃 몇 포기를
弔花(조화)처럼
우두커니 걸어놓고 있으니

딸아, 보아라,
가고 싶었던 길들과
가보지 못했던 길들과
잊을 수 없는 길들이
오늘밤 꿈에도 분명 살아 있어
인두로 다리미로 오늘밤에도 정녕

떠도는 길들을 꿈속에서 꾹꾹 다림질해 주어야 하느니
네 키가 점점 커지면서
그림자도 점점 커지는 것처럼
그것은 점점 커지는 슬픔의 입구,

세상의 딸들은
하늘을 박차는
날개를 가졌으나
세상의 여자들은 아무도 날지 못하는구나.
세상의 어머니는 모두 착하신데
세상의 여자들은 아무도
행복하지 않구나…

인간에게 진실로 위대한 일은

프랑시스 잠

인간에게 진실로 위대한 일은
나무통에 우유를 받고
까슬까슬한 밀 이삭을 거두는 일.
포플러 나무 그늘 아래 송아지를 지켜보고
자작나무 껍질을 벗기며
돌돌돌 개울가에서 버들잎 바구니를 짜는 일.
늙은 고양이와 티티새와 아이들이 잠이 들 때
어둑한 불빛 아래 낡은 구두를 꿰매는 일.
귀뚜라미 울음소리에 깊어 가는 밤
덜걱거리며 베를 짜는 일.
빵을 굽고 포도주를 담는 일.
텃밭에 양배추와 마늘 씨를 뿌리는 일.
그리고 이른 아침 따뜻한 달걀을 가져오는 일.

그냥 둔다

이성선

마당의 잡초도
그냥 둔다.

잡초 위에 누운 벌레도
그냥 둔다.

벌레 위에 겹으로 누운
산 능선도 그냥 둔다.

거기 잠시 머물러
무슨 말을 건네고 있는

내 눈길도 그냥 둔다.

오늘은 일찍 집에 가자

이상국

오늘은 일찍 집에 가자
부엌에서 밥이 잦고 찌개가 끓는 동안
헐렁한 옷을 입고 아이들과 뒹굴며 장난을 치자
나는 벌 서듯 너무 밖으로만 돌았다
어떤 날은 일찍 돌아가는 게
세상에 지는 것 같아서
길에서 어두워지기를 기다렸고
또 어떤 날은 상처를 감추거나
눈물자국을 안 보이려고
온몸에 어둠을 바르고 돌아가기도 했다
그러나 이제는 일찍 돌아가자
골목길 감나무에게 수고한다고 아는 체를 하고
언제나 바쁜 슈퍼집 아저씨에게도
이사 온 사람처럼 인사를 하자
오늘은 일찍 돌아가서
아내가 부엌에서 소금으로 간을 맞추듯
어둠이 세상 골고루 스며들면
불을 있는 대로 켜놓고
숟가락을 부딪치며 저녁을 먹자

부부

함민복

긴 상이 있다
한 아름에 잡히지 않아 같이 들어야 한다
좁은 문이 나타나면
한 사람은 등을 앞으로 하고 걸어야 한다
뒤로 걷는 사람은 앞으로 걷는 사람을 읽으며
걸음을 옮겨야 한다
잠시 허리를 펴거나 굽힐 때
서로 높이를 조절해야 한다
다 온 것 같다고
먼저 탕 하고 상을 내려놓아서도 안 된다
걸음의 속도도 맞추어야 한다
한 발
또 한 발

항아리 속 된장처럼

이재무

세월 뜸 들여 깊은 맛 우려내려면
우선은 항아리 속으로 들어가자는 거야
햇장이니 갑갑증이니 일겠지 펄펄 끓는 성질에
독이라도 깨고 싶겠지
그럴수록 된장으로 들어앉아서 진득허니
기다리자는 거야 원치 않는 불순물도
뛰어들겠지 고것까지 내 살肉로
품어보자는 거야 썩고 썩다가 간과 허파가 녹고
내장까지 다 녹아나고 그럴 즈음에
햇볕 좋은 날 말짱하게 말린 몸으로
식탁에 오르자는 것이야

배움을 찬양한다

베르톨트 브레히트

배워라 가장 단순한 것을
자신의 시대를 만들어 가려는 사람들에게
결코 너무 늦은 법이란 없다!
배워라 가나다라를, 그것만으로는 아무것도 할 수 없을 듯 보여도
먼저 배워라! 새삼스럽게 무슨 공부를, 따위의 말은 하지 말라.
시작해라! 당신은 모든 것을 알아야 한다.
당신이 먼저 앞장서야 한다.

배워라 여인숙에 있는 이들이여!
배워라 감옥에 갇힌 이들이여!
배워라 부엌의 여인들이여!
배워라 60세의 여인들이여!
당신이 먼저 앞장서야 한다
학교를 찾아가라, 집 없는 이들이여!
책을 손에 들어라, 배고픈 사람들이여!
책은 하나의 무기다.
당신이 먼저 앞장서야 한다.

그대여, 물어라. 망설이지 말고!

스스로 알아내야 한다.
스스로 납득할 수 없는 것은
진정한 앎이 아니다.

계산서를 한 번 더 확인하라.
돈을 내는 것은 바로 당신이다.
항목 하나하나에 손가락을 짚어 가며 물어보라.
이 항목이 왜 여기 들어 있는가?
당신이 먼저 앞장서야 한다.

chapter 6

무심코 하는 말들을 위한 기도

퇴근하자마자 밥부터 지었다. 아이는 혼자 빈집에서 엄마를 네 시간 기다렸다. 서둘러 만든 요리가 달걀찜. 달걀과 물을 반씩 넣어 젓고 전자레인지에 5분간 돌리면 된다. 세상에 달걀이 없었다면 어땠을까? 새삼 달걀이 고맙다. 바쁜 워킹맘의 일상에서 달걀이 해내는 몫은 크다. 달걀처럼 작은 것들의 은혜는 쉽게 잊고 사는구나, 잠시 반성해 본다. 달걀찜과 구운 김이 전부인 밥상을 아이 앞에 놓아 주고는 회사에서 가져온 일을 하는데 아이의 중얼거림이 들려왔다.

"엄마, 달걀 먹으니까 마음이 따뜻해."

입을 오물거리는 아이와 눈이 마주쳤다. 하던 일을 멈추고 아이를 등 뒤에서 꼭 안아 주었다. 따뜻한 무엇이 가슴속으로 흘러들었다. 일과 육아에 지쳐 있던 날들이었다. '엄마 노릇'은 왜 이리 힘들까. 왜 우리 엄마는 내가 엄마 되기를 말리지 않았을까 하던 때. 그 한숨과 조바심과 자책이 아이의 말 한마디에 날아갔다. 물론 얼마 지나지 않아 다시 한숨과 조바심과 자책이 밀려왔지만 아이의 예쁜 말을 떠올리면 입꼬리가 올라갔다. 그래서 한동안은 아이의 말을 적어 두고 기억하려 애썼다. 보조 배터리처럼 마음의 에너지가 바닥날 때마다 충전용으로 쓰려고 말이다. 가령, 베란다

빨랫줄에 나란히 널린 빨래를 보며 "엄마, 빨래가 예뻐"라던가, 약초라는 말을 궁금해하기에 병을 낫게 해 주는 풀이라고 하니 다음에는 약초로 태어나겠다던가, 방귀에 색깔이 있다면 누가 뀐지 알 수 있다는 아이의 말들. 그런 꽃 같은 말을 들으면 나는 뭉클했고 가벼워지고 넓어지고 웃음이 났다. 그리고 그렇게 말에 기대어 힘든 시간들은 지나갔다.

우리는 말의 숲에서 살아간다. 혼자 살아갈 수 없으니 끊임없이 말하며 산다. 혼자 있어도 내 마음속의 나와 말한다. 그 많은 말들은 모두 어디로 갔을까. 누구의 가슴속에 내려앉아 있을까. 작가 존 버거는 말했다. "석기시대 이후로 선조들이 우리들을 위해 남겨 둔 증언들이 있고, 꼭 우리를 향한 것은 아니지만 우리가 목격할 수 있는 텍스트들이 있다. …… 마찬가지로 우리는 우리가 아는 그 모든 언어로 칭찬하고, 욕하고, 저주하는 일을 영원히 멈추지 않을 것이다." 말에 대한 이런 진지한 사유는 내가 일상에서 쓰는 말에 대해 한번쯤 생각해 보게 한다. 삶이 계속되는 한 끝없이 이어질 평범한 일상을 연결해 주는 말. 내가 쓰는 말의 모습은 어떠한가. 그 말들이 쌓여 삶을 규정하는 한 텍스트로 만들어지는 때가 온다는 걸 알게 된 일이 있다.

서울의 봉천동 난곡 마을이 개발되기 전, 지역에서 활동하는 '구두닦이 봉사 모임'을 취재한 적이 있다. 구두 미화공들이 달마다 얼마씩 돈을 거둬 소년소녀가장들을 돕고 있었다. 모임 회장의 작은 구둣방에서 인터뷰를 했다. 그는 대화 중에도 구두에 광을 내는 손길을 멈추지 않았다. 검지와 중지에 감은 흰 천에 검댕이 묻으면 두어 번 더 감아 구두를 문지르고 또 문질렀다. 어깨를 들썩이며 닦는, 정말이지 혼신을 다하는 모습이었다. 구두 한 짝에 몇 번이나 문지르나 세어 보다가 한 150번쯤에 그만두었다. 회장이 말했다.

"저희 같은 구두닦이들이 큰일은 할 수 없어요. 마음 아픈 아이들 뜨신 밥 한 번 사 주는 게 다예요. 참, 이 일이 고달플 때도 있지만, 구두가 검잖아요. 그걸 닦고 또 닦으면 반짝반짝 빛이 나는 게 재미있어요."

삶을 경험하고 숙고하면서 스스로 자신도 모르게 다듬어지고 정리되어지는 말들. 그 속에서 구두닦이 아저씨는 다시 힘을 내며 지치지 않게 삶을 이어가고 있는 거라고 나는 짐작했다. 말이 가진 힘이 그런 것일까. '검은색도 닦으면 빛이 납니다'라는 구두닦이 아저씨의 말을 우리는 완전히 이해할 수 없다. 나의 경험이 아니기 때문이다. 하지만 그 말에 귀 기울인다면 그 말의 힘을 조금은 나눠 받을 수 있다. 누군가의 말에 조용히 귀 기울일 줄 아는 태도는 참 소중한 삶의 지혜이다.

말의 한계도 있다. 스페인의 철학자 호세 오르테가 이 가세트는 말했다. "모든 말은 결핍이다. 자신이 표현하고자 하는 바를 다 담지 못한다. 모든 말은 과잉이다. 내가 전하지 않았으면 했던 것들도 전하게 된다." 이런 말의 한계가 수많은 오해와 불화를 일으킨다. 상처가 되고 미움의 원인이 된다. 삶을 방해하는 말들이다. 하지만 말은 내가 귀 기울일 때만 말이 된다는 것, 내가 의미를 부여할 때만 힘을 가진다는 것을 기억한다면, 말에 갇히지 않고 쉽게 흔들리지 않을 수 있지 않을까. 어떤 말에 귀 기울이기 전에 '나를 믿는 것'이 더 먼저여야 한다는 뜻이다. 나 자신에 대해 충실하고 타인을 배려하는 마음이 담긴 말은 결코 칼이 되지는 않기 때문이다.

라이너 마리아 릴케는 스물일곱 살 때 예순세 살의 조각가 로댕을 만나 그의 비서가 되었다. 무명의 시인이었던 릴케는 노老거장 옆에서 큰 영감을 받으며 답보 상태에 있던 자신의 문학 세계에 어떤 출구를 찾았다고 한다. 노거장의 일거수일투족이 젊은 릴케에게는 큰 영향력을 미쳤을 텐데 릴케는 이런 에피소드를 남겼다. "밤에 헤어질 때, 아주 좋은 이야기를 나누었을 때, 아무 상관없이 로댕은 곧잘 내게 이렇게 말했습니다. '힘내라구.' 그는 알고 있었던 겁니다. 젊었을 때, 이 말이 날마다 얼마나 필요한 것인가를."

말은 삶의 일부일 뿐이지만, 이해와 배려와 진심이 깃들어 있는 말은 삶을 지켜준다. 그래서 나는 오늘도 우리 곁에 흩어져 있는, 공기처럼 떠다니는 말들, 아직 태어나지 않는 말들에 귀 기울여 본다.

가장 이상한 세 단어

비스와바 쉼보르스카

내가 "미래"라는 낱말을 입에 올리는 순간,
그 단어의 첫째 음절은 이미 과거를 향해 출발한다.

내가 "고요"라는 단어를 발음하는 순간,
나는 이미 정적을 깨고 있다.

내가 "아무것도"라고 말하는 순간,
나는 이미 무언가를 창조하게 된다,
결코 무無에 귀속될 수 없는
실재하는 그 무엇인가를.

해같이 달같이만

이주홍

어머니라는 이름은
누가 지어냈는지
모르겠어요.
어… 머… 니… 하고
불러보면
금시로 따스해 오는
내 마음.

아버지란 이름은
누가 지어냈는지
모르겠어요.
아… 버… 지… 하고
불러보면
오오- 하고 들려오는 듯
목소리

참말 이 세상에선
하나밖에 없는
이름들

바위도 오래되면
깎여지는데
해같이 달같이만 오랠
이름.

백비 白碑

이성부

감악산 정수리에 서 있는 글자가 없는 비석 하나
아무것도 말하지 않았지만
너무 크고 많은 생 담고 있는 나머지
점 하나 획 한 줄도 새길 수 없었던 것은 아닌지
차마 할 수 없었던 말씀을 지녀
입 다물고 있는 것은 아닌지
그것도 아니라면 세상일 다 부질없으므로
무량무위를 말하는 것은 아닌지
저리 덤덤하게 태연할 수 있다는 것을
저렇게 밋밋하게 그냥 설 수밖에 없다는 것을
나도 뒤늦게 알아차렸습니다

여인숙

잘랄루딘 루미

인간이란 존재는 여인숙과 같아서
날마다 아침이면 새로운 손님이 도착한다

기쁨, 우울, 슬픔
그리고 찰나의 깨달음이
예기치 않은 방문자처럼 찾아온다

그 모두를 환영하고 맞아들이라!
설령 집 안에 가구 하나 남기지 않고
모조리 휩쓸어 가는
한 무더기의 슬픔일지라도
한 분 한 분 존중하라
그들이 어떤 새로운 기쁨을 주기 위해
그대 마음을 깨끗이 비워 주는 것일지도 모르니

어두운 생각, 부끄러움, 후회
그 모두를 문가에서 웃음으로 맞으며
집 안으로 초대하라

어떤 이들이 찾아오든 감사하라
그 모든 손님은 그대를 안내하기 위해
저 멀리에서 온 분들이니

반성 16

김영승

술에 취하여
나는 수첩에다가 뭐라고 써 놓았다.
술이 깨니까
나는 그 글씨를 알아볼 수가 없었다.
세 병쯤 소주를 마시니까
다시는 술 마시지 말자
고 써 있는 그 글씨가 보였다.

신은 모든 것 속에

마이스터 에크하르트

모든 것에서 신을 만나라
신은 모든 것 속에 있으므로

모든 존재는 저마다
신으로 가득 차 있는
신에 대한 책

모든 존재는 저마다
신이 들려주는
한마디의 말

가장 작은 존재
한 마리 애벌레와도
충분한 시간을 보낸다면

따로 설교를 준비할 필요는 없다
모든 존재는 이미
신으로 가득 차 있으므로

기도

라파엘 메리 델 발

오, 신이시여
나의 기도를 들어주소서.

존경받으려는 욕망으로부터
사랑받으려는 욕망으로부터
칭찬받으려는 욕망으로부터
명예로워지려는 욕망으로부터
칭송받으려는 욕망으로부터
선택받으려는 욕망으로부터
인정받으려는 욕망으로부터
저를 구해내소서.

모욕당하는 두려움으로부터
경멸당하는 두려움으로부터
비방당하는 고통의 두려움으로부터
책망당하는 두려움으로부터
잊혀지는 두려움으로부터
조롱당하는 두려움으로부터
박해당하는 두려움으로부터

의심받는 두려움으로부터
저를 구해내소서.

그리고 신이시여

나보다 다른 이들이 더 사랑받기를
나보다 다른 이들이 더 존경받기를
나를 젖혀두고 다른 이들이 선택받기를
나는 낮아지고 다른 이들이 칭송받기를
모든 일에서 나보다 다른 이들이 먼저 인정받기를
허락하소서.

그리하여 나보다 다른 이들이 더욱 성스러워지면
나 또한 성스러워질 수 있기를

이 모든 것을 원하는 마음 갖는 영광을 내려주소서.

비누

정진규

비누가
나를 씻어준다고 믿었는데
그렇게 믿고서 살아왔는데
나도 비누를 씻어주고 있다는 걸!
알게 되었다
몸 다 닳아져야 가서 닿을 수 있는 곳,
그 아름다운 消耗(소모)를 위해
내가 복무하고 있다는 걸
알게 되었다
비누도 그걸 하고 있다는 걸
그리로 가고 있다는 걸
알게 되었다
마침내 당도코자 하는 비누의 고향!
그곳이 어디인지는 알 바 아니며
다만
아무도 혼자서는 씻을 수 없다는
돌아갈 수 없다는
나도 누구를 씻어주고 있다는
돌아가게 하고 있다는

이 발견이 이 복무가
이렇게 기쁠 따름이다 눈물이 날 따름이다

더딘 사랑

이정록

돌부처는
눈 한 번 감았다 뜨면 모래무덤이 된다
눈 깜짝할 사이도 없다

그대여
모든 게 순간이었다고 말하지 말라
달은 윙크 한 번 하는 데 한 달이나 걸린다

인생

라이너 마리아 릴케

인생을 꼭 이해하려 하지 말라.
인생은 축제와 같은 것
하루하루 일어나는 그대로 맞이하라
길을 걷는 아이의
발걸음 위로 바람이 불 때
흩날리는 꽃잎이 선물이 되듯

꽃잎을 모으려 하지 않는 아이는
머리카락에 묻은
꽃잎을 살포시 떼어 내고
다시 새롭게 손을 내밀어
사랑의 날을 붙잡는다.

그 말 한마디

김기림

참하게 생긴 긴 둑을 둘이는 걸었습니다.
손을 잡고 걷다가 어깨동무를 하고 걸었습니다.
많은 말을 강물같이 길게 하고 걸었습니다.
평지보단 높은 둑에 있기에 우리는 무척 높은 기분으로 걸었습니다.
다른 한 쌍이 우릴 보고 마주오고 있습니다.
그쪽의 긴 이야기가 실올이 풀려 오듯 내게로 옵니다.
우리는 사랑하노라고
그렇게 긴 이야기를 우린 매일같이 하고서도 끝내 하지 못했던
그 말 한마디
나도 오늘만은 무슨 일이 있더라도 해야겠습니다.
칡뿌리같이 묻혀 있는 그 말 한마디를
있는 힘을 다해서 뽑아내어야겠습니다.

어부漁夫

김종삼

바닷가에 매어 둔
작은 고깃배
날마다 출렁거린다
풍랑에 뒤집힐 때도 있다
화사한 날을 기다리고 있다
머얼리 노를 저어 나가서
헤밍웨이의 바다와 老人(노인)이 되어서
중얼거리려고

살아온 기적이 살아갈 기적이 된다고
사노라면
많은 기쁨이 있다고

하루를 살아도 행복하게

안젤름 그륀

날마다 하루는
반가운 초대
아침이 밝아 오면
새로운 삶이 당신을 기다린다.
눈부시고 다채로운 삶이.
낡은 하루가 가고
새 하루가 찾아왔다.
오늘 하루가 어떤 하루일지는
당신에게 달려 있다.
가슴 짓누르는 부담으로
혹은 설레는 약속처럼 느낄 수도 있다.
나를 위한 날이 밝았다며 기뻐할 수도 있고
씻지도 않은 채 기운 없이 무덤덤할 수도 있다.
오늘의 삶을 스스로 선택해 본다.

취나물국

박남준

늦은 취나물 한 움큼 뜯어다 된장국 끓였다. 아흐 소태, 내뱉으려다 이런, 너 세상의 쓴맛 아직 당당 멀었구나. 입에 넣고 다시금 새겨 빈 배에 넣으니 어금니 깊이 배어나는 아련한 곰취의 향기

아, 나 살아오며 두 번 열 번 들여다보지 못하고 얼마나 잘못 저질렀을까. 두렵다 삶이 다하는 날. 그때는 또 무엇으로 아프게 날 치려나.

chapter 7

시가 내 곁에 있어
참 다행이다

소설가 한승원 선생님의 산문집 《꽃을 꺾어 집으로 돌아오다》를 만들 때였다. 선생님은 저 남쪽 끝 장흥 바닷가에서 말년을 보내고 있다. '강이 아버지.' 한승원 선생님은 이 말이 좋다고 했다. 소설가 한강이 선생님의 딸이다. 승어부勝於父, 아버지를 뛰어넘는 자식이야말로 가장 큰 효도라고 했다. "우리 강이는 어릴 때 참 순했어요." 선생님의 이 말에는 아버지로서의 따뜻한 응원과 자랑이 묻어 있다. 한강이 누구인지 몰라도, 그 유명세를 다 털어 내도 '강이 아버지' 이 한마디엔 흐뭇하고도 아련한 그 무엇이 배어 있다.

처음 초고를 읽었을 때 떠오른 제목은 '내 콧구멍 속 어둠 밝히기'였다. 내용 중에 이런 문장이 있다.

> 코는 두 개의 구멍 벙긋 열어, 새까만 내면을 보여 주고 있다. 끔찍해라, 그대 지하 동굴, 노회老獪의 털 부숭부숭한 미망迷妄. 목탁 구멍 속의 어둠 같은 콧구멍은 나의 내면에 들어 있는 어둠 한 자락을 늘 나에게 보여 준다. 그것은 내 악마의 모습이기도 하고, 간사한 탐욕의 모습이기도 하고, 내 죽음의 어둠 끝자락이기도 하다. 그 어둠은 나를 겸허해지라고 촉구하고, 늘 깨끗해지라고 나를 다잡곤 한다.

우리는 날마다 거울을 보지만 콧구멍을 들여다보지는 않는다. 더구나 콧구멍 속 어둠이라니. 선생님은 자신의 얼굴을 이마 주름부터 눈, 코, 입, 세세하게 뜯어서 분석한다. 그 끝에 콧구멍 속 어둠을 말하면서 인간 심연에 깔려 있는 어둠 혹은 악마성에 대해 말한다. 인생은 그 어둠을 억누르고 다스리고 밝히고 그러면서 선한 의지로 돌려놓는 데 있다는 것이다. 이 문장을 살려서 제목을 짓겠다고 하자 선생님은 말했다. "네, 좋아요. 어둠에는 굉장한 에너지가 숨어 있어요. 그 에너지를 선하게 나를 위해 쓰도록 노력하는 것이 우리의 삶입니다."

손톱만한 콧구멍 속 어둠을 타고 들어가면 광맥처럼 끝도 없이 깊고 넓다. 길을 잃고 헤매기도 하고 길 아닌 길을 따라 사방팔방 나돌기도 하는, 행복이나 불행이라는 것을 만들기도 하고 사악과 광기를 만들기도 하는 콧구멍 속의 어둠.

삶의 도처에 수많은 '유혹'이 깔려 있다. 그 가운데 가장 무서운 것이 '내 콧구멍 속 어둠'이다. 콧구멍 속 어둠은 나를 흔드는 내면의 어두운 구석이다. '어둠을 들여다본다'는 것은 내가 누구인지 묻는 성찰일 것이다. 그 어둠을 깊이 읽은 선사들은 깨달음을 얻었고 예술가들은 독특한 작품 세계를 펼치며 명작을 남겼다.

깨달음이나 명작과는 아주 먼 나는 내 콧구멍 속 어둠을 어떻게 밝힐 것인가.

미국의 프랭크 워렌이란 사람이 '포스트시크릿Postsecret 프로젝트'를 만들고, 사람들에게 인생 최고의 비밀을 익명으로 보내달라는 엽서를 공공장소에 뿌렸다. 그 결과 15만 명이 자기만의 비밀을 적어 보냈다. '친구에게 이메일을 받으면 항상 며칠 뒤에 답장을 해요. 할 일 없는 사람처럼 보이기 싫어서요', '친구들이 다이어트를 하면 단념시키죠. 실은 걔들이 나보다 더 뚱뚱하길 바라니까요', '가끔은 내가 장님이었으면 좋겠어. 그러면 매일 거울 속의 내 모습을 안 봐도 되잖아', '나는 대학도 나오고 성공한 쉰 살의 사업가지만 지금도 덧셈할 때 손가락을 쓰죠', '난 키스를 한 번도 못 해 봤어요. 키스가 싫어서가 아니라 아무도 나와 키스하려 들지 않기 때문이죠'…….

상처 입은 자존감, 열등감, 미숙함, 게으름, 모멸감, 연약함……에 관한 비밀이다(그 비밀은 실은 내 것이기도 하다). 이 프로젝트는 미국 정신건강협회로부터 자살 방지에 기여했다는 공로를 인정받았다. 익명성에 기대어 비밀을 털어놓은 사람들은 세상을 사랑하게 되었다고 후일담을 보내왔다. 자신의 비밀을 세상과 공유하고 타인의 비밀을 헤아리면서, 누구나 비슷하게 살고 비슷하게 생각한다는 것을 알았기 때문이다.

고통스러운 진실을 마주하는 순간 상처는 아물기 시작한다. 그러나 한 번으로 끝나지 않는다. 삶이 계속되는 한 상처도 계속되기 때문이다. 선가禪家에 전해지는 말이 있다. '젖먹이는 종일 울어도 목이 쉬지 않는다.' 어떤 에너지, 기氣가 조화를 이루기 때문이다. 울음이 상처가 되지 않도록 달래는 것, 나의 부정함이 나를 해치지 않도록, 콧구멍 속 어둠은 그렇게 밝혀야 한다.

누군가 좋은 삶은 좋은 삶이 무엇인지 생각하는 것이라고 했다. 새삼 세상에 시가 있어서 다행이란 생각이 든다. 시는 애써 외면하고 싶은 나의 어둠을 보게 만들고, 내 뜻대로 되지 않는 세상과 내 마음을 이해해 주지 않는 사람들 때문에 생긴 마음의 그림자들을 직면하게 만든다. 그래서 슬픔 속에서도 밥을 먹는 인생을 포용하고 앞으로 나아가게 만든다. 어떤 일이 일어나든 피하지 않고 뚜벅뚜벅 걸어가기 위해 나는 오늘 시를 읽는다. 내 콧구멍 속 어둠을 밝히기 위해.

별

공재동

즐거운 날 밤에는
한 개도 없더니
한 개도 없더니

마음 슬픈 밤에는
하늘 가득
별이다.

수만 개일까
수십만 갤까

울고 싶은 밤에는
가슴에도
별이다.

온 세상이
별이다.

단 한순간만이라도

D. 포페

한순간이라도

당신과

내가

바뀌었으면 좋겠어요.

그래야 당신도

알게 될 테니까요.

내가

당신을

얼마나 사랑하는지.

그 저녁은 두 번 오지 않는다

이면우

무언가 용서를 청해야 할 저녁이 있다
맑은 물 한 대야 그 발 밑에 놓아
무릎 꿇고 누군가의 발을 씻겨 줘야 할 저녁이 있다
흰 발과 떨리는 손의 물살 울림에 실어
나지막이, 무언가 고백해야 할 어떤 저녁이 있다
그러나 그 저녁이 다 가도록
나는 첫 한마디를 시작하지 못했다 누군가의
발을 차고 맑은 물로 씻어주지 못했다.

죽음의 노래

발라 크리슈나 사마

사랑하는 사람이여 이제 나는 영원히 떠나려고 합니다
나의 몸은 시들어 떨어진 나뭇잎보다 가볍게 날립니다
그런데 왜 당신은 슬피 울고 있습니까
그대의 마음에 깊은 상처가 드리워졌습니다
당신에게서 흘러나온 슬픔에 부드러운 바람의 물결이
조각조각 부서지고 있는 게 보이지 않습니까
나는 그 조각 모두를 볼 수 있습니다
그리고 시냇물 속으로 흘러 들어갈 수도 있습니다

사랑하는 사람이여 침묵하십시오
나를 사랑하는 당신이여 침묵하십시오
그대의 눈물을 공空에 바치도록 하십시오
이제 나는 고통으로부터 자유롭고
어떤 아픔도 괴로움도 느끼지 않습니다
어떤 적이 날카로운 창을 들고 찌르려고 달려든다면
그 창은 나의 가슴에서 연기처럼 흔들릴 것입니다
왜냐하면 나는 단단한 유리가 아닌 부드러운 공기이기 때문입니다
나는 투명해졌습니다
만약 내 손이 바람으로 만들어졌다면

나는 입맞춤으로 그대의 눈을 덮어 주고
흐르는 눈물을 닦아 줄 것입니다
이제 나는 하늘이 되었습니다
거울로도 나의 얼굴을 볼 수 없습니다
자연의 거울 연못에서
하늘이 된 나 자신을 볼 수 있을 뿐

사랑하는 이여 내가 죽었다고 말했나요?
내가 사라진다고 생각했나요?
그랬군요
이제 나는 당신에게 소용이 없군요
나는 변화를 느끼고 있습니다
이미 불의 심판을 받았다는 생각이
마음속에 희미하게 떠오릅니다
그렇습니다
이제 나는 어디에서도 고통을 느끼지 않습니다
나의 마음조차도 없습니다
모든 것은 열려 있고 벗겨져 있습니다
나의 감각들은 무엇을 만나든지 지워지고 있습니다

나뭇잎을 보면 소리가 되어 빠져들어 갑니다
꽃을 보면 향기 속에 잠기고 여러 가지 색깔이 됩니다
나는 먼지보다 작고
안개보다 가볍고
빛줄기보다 가늘고
공기보다 부드럽습니다
한 방울의 물이 호수에 떨어지면
호수가 되듯이
이제 나는 하늘이 됩니다
구름 한 점 없는 파란 하늘처럼
나는 다시 태어났습니다

나는 이제 평온합니다
당신 곁에는 나의 친구들과 친척들, 이웃들이
나를 위해 울고 있군요
왜 그들은 슬프게 울고 있는 것일까요
나를 위해 울고 있는 것일까요

사랑

김영현

어느 날 문득 우리는 정류장에서 만날지 모른다.
서로 다른 방향으로 가는 버스표를 들고서,
한번 끊으면 결코 되물릴 수 없는 인생의 티켓을 들고서,

그리하여 우리들이 함께 보낸 절대적인 시간도,
아침 나절에 피는 나팔꽃처럼 빛나던 우리들의 사랑도,
다른 방향을 향해 떠나는 버스처럼 가버릴지 모른다.

그리하여, 우리는 새로운 곳에서 새로운 사랑을 하며
먼 기억으로 너의 마지막 모습을 떠올리며
네가 나에게, 내가 너에게 했던 수많은 약속을 생각하며
소리없이 쓴 미소를 지을지 모른다.

한때 그토록 가까웠던 우리가 남이 되었다니!

시간에게

김남조

시간에게 겸손하기
시간의 식물원에게 물 주기
시간 안에서 용서받기
시간의 탓으로 돌리지 말기
시간에게 편지 쓰기
시간에게 치유받기
시간 속의 꽃을 찾기
시간의 말씀 듣기
시간에게 고백하기
시간에게 참회하기
시간 안에서 잠자기
시간 안에서 오래오래 잠자기
훗날에 그리하기

버릇

박성우

눈깔사탕 빨아먹다 흘릴 때면 주위부터 두리번거렸습니다 물론,
지켜보는 사람 없으면 혀끝으로 대충 닦아 입 속에 다시 넣었구요

그 촌뜨기인 제가 출세하여 호텔 커피숍에서 첨으로 선을 봤더랬
습니다 제목도 야릇한 첼로 음악을 신청할 줄 아는 우아한 숙녀
와 말이에요 그런데 제가 그만 손등에 커피를 흘리고 말았습니다
손이 무지하게 떨렸거든요

그녀가 얼른 내민 냅킨이 코앞까지 왔지만서도 그보다 빠른 것은
제 혓바닥이었습니다

넉넉한 마음

김재진

고궁의 처마 끝을 싸고 도는
편안한 곡선 하나 가지고 싶다.
뾰족한 생각들 하나씩 내려놓고
마침내 닳고닳아 모서리가 없어진
냇가의 돌멩이처럼 둥글고 싶다.
지나온 길 문득 돌아보게 되는 순간
부끄러움으로 구겨지지 않는
정직한 주름살 몇 개 가지고 싶다.
삶이 우리를 속이는 것이 아니라
우리가 삶을 속이며 살아왔던
어리석었던 날들 다 용서하며
날카로운 빗금으로 부딪히는 너를
달래고 어루만져 주고 싶다.

벚꽃 그늘에 앉아 보렴

이기철

벚꽃 그늘 아래 잠시
생애를 벗어 놓아 보렴
입던 옷 신던 신발 벗어 놓고
누구의 아비 누구의 남편도 벗어 놓고
햇살처럼 쨍쨍한 맨몸으로 앉아 보렴
직업도 이름도 벗어 놓고
본적도 주소도 벗어 놓고
구름처럼 하얗게 벚꽃 그늘에 앉아 보렴
그러면 늘 무겁고 불편한 오늘과
저당 잡힌 내일이
새의 날개처럼 가벼워지는 것을
알게 될 것이다

벚꽃 그늘 아래 한 며칠
두근거리는 생애를 벗어 놓아 보렴
그리움도 서러움도 벗어 놓고
사랑도 미움도 벗어 놓고
바람처럼 잘 씻긴 알몸으로 앉아 보렴
더 걸어야 닿는 집도

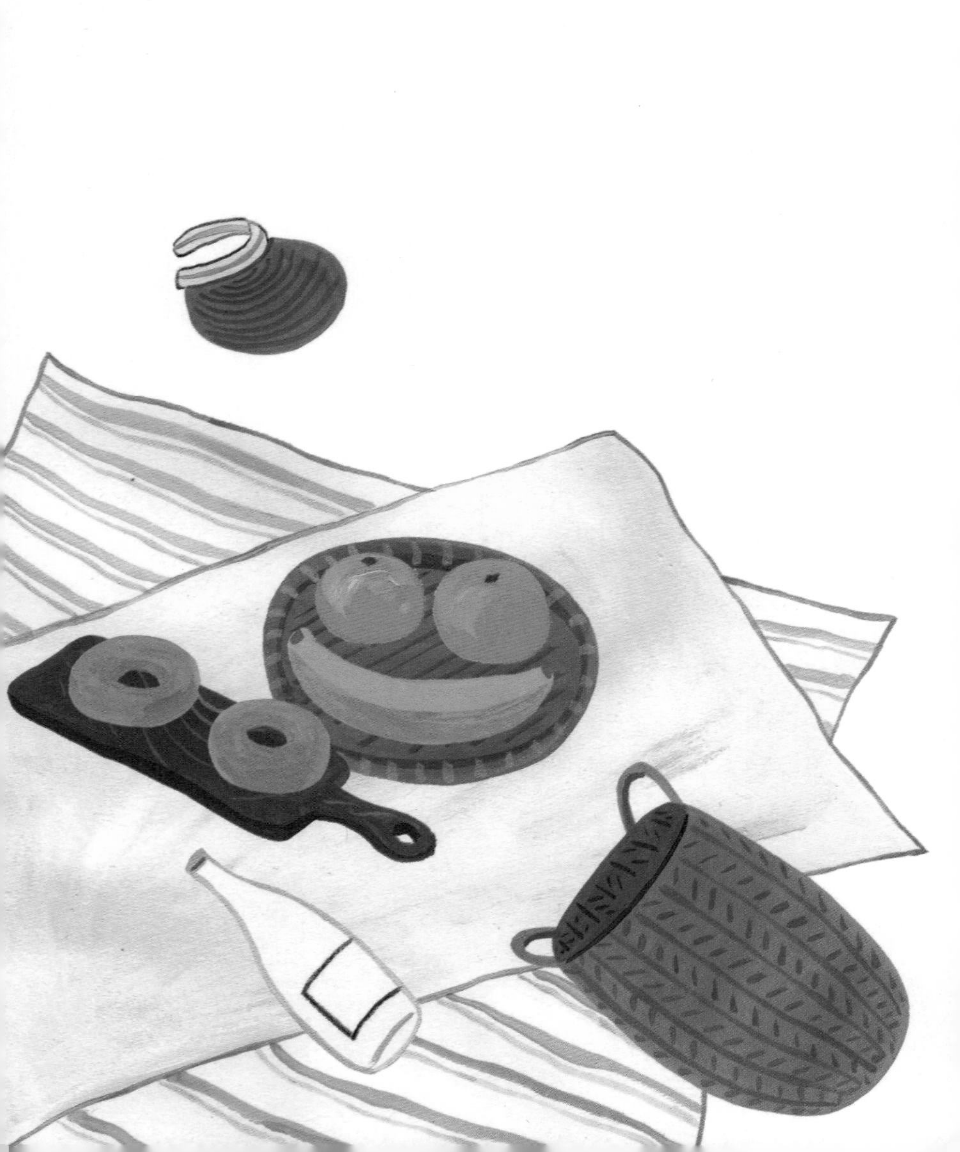

더 부서져야 완성되는 하루도
동전처럼 초조한 생각도
늘 가볍기만 한 적금통장도 벗어 놓고
벚꽃 그늘처럼 청정하게 앉아 보렴

그러면 용서할 것도 용서받을 것도 없는
우리 삶
벌떼 잉잉거리는 벚꽃처럼
넉넉하고 싱싱해짐을 알 것이다
그대, 흐린 삶이 노래처럼 즐거워지길
원하거든
이미 벚꽃 스친 바람이 노래가 된
벚꽃 그늘로 오렴

사랑

박형진

풀여치 한 마리 길을 가는데
내 옷에 앉아 함께 간다
어디서 날아왔는지 언제 왔는지
갑자기 그 파란 날개 숨결을 느끼면서
나는
모든 살아 있음의 제 자리를 생각했다
풀여치 앉은 나는 한 포기 풀잎
내가 풀잎이라고 생각할 때
그도 온전한 한 마리 풀여치
하늘은 맑고
들은 햇살로 물결치는 속 바람 속
나는 나를 잊고 한없이 걸었다
풀은 점점 작아져서
새가 되고 흐르는 물이 되고
다시 저 뛰노는 아이들이 되어서
비로소 나는
이 세상 속에서의 나를 알았다
어떤 사랑이어야 하는가를
오늘 알았다.

함께 있되 거리를 두라

칼릴 지브란

알미트라가 물었다.
스승이여, 결혼이란 무엇입니까.
그가 대답했다.
너희는 이제 영원히 함께하게 될 것이다.
죽음의 흰 날개가 삶을 흩어놓을 때까지
너희들을 잊은 신의 침묵 속에서도.
그러나 중요한 사실은 함께해도 거리를 두어야 하니
하늘의 바람이 그대들 사이로 춤추게 하라.
서로 마음껏 사랑하되 사랑을 이유로 구속하지 말라.
두 영혼의 기슭 사이에 바다가 출렁이게 하라.
서로의 잔을 채우되 한쪽의 잔만을 마시지 말라.
서로에게 빵을 주되 한쪽의 빵만을 먹지 말라.
함께 노래하고 춤추며 즐거워하라.
그러나 서로 혼자 있도록 허락하라.
비록 하나의 음률로 울릴지라도
홀로 떨어져 있는 루트의 현처럼
서로 마음을 주되 옭아매지는 말라.
오직 살아 있는 손길만이 그대의 마음을 간직할 수 있다.
함께 서 있으라. 그러나 너무 가까이 있지는 말라.

신성한 사원의 기둥들도 서로 떨어져 서 있고
참나무와 삼나무도 서로의 그늘 속에선 자라지 못하므로.

수도원에서

정채봉

어떠한 기다림도 없이 한나절을
개울가에 앉아 있었네
개울물은 넘침도 모자람도 없이
쉼도 없이 앞다투지 않고
졸졸졸
길이 열리는 만큼씩 메우며 흘러가네
미움이란
내 바라는 마음 때문에 생기는 것임을
이제야 알겠네

끝까지 가라

찰스 부코스키

무엇을 시도할 것이라면
그 길을 끝까지 가라.
그렇지 않다면 시작도 하지 마라.

시도할 것이라면 끝까지 가라.
이는 여자 친구와 아내와 친척들과 직장과
어쩌면 너의 마음까지 잃어버릴 수도 있음을 의미한다.

끝까지 가라.
이는 사나흘 동안 굶을 수도 있음을 의미하고
공원 벤치에 앉아 추위에 떨 수도 있고
감옥에 갇힐 수도 있음을 의미한다.
웃음거리가 되고 조롱당하고
고립될 수 있음을 의미한다.
고립은 선물이다.
다른 모든 것들은 네가 얼마나 진정으로
그것을 원하는가에 대한 인내의 시험이다.
그리고 너는 거절과 최악의 상황에서도 그것을 할 것이다.
그리고 그것은 네가 상상할 수 있는 어떤 것보다

좋을 것이다.

시도할 것이라면
끝까지 가라.
그것만한 기분은 없다.
너는 혼자이지만 신들과 함께할 것이고
밤은 불꽃으로 타오를 것이다.

그것을 하라. 그것을 하라. 그것을 하라.
그것을 하라.
끝까지
끝까지.

너는 너의 인생에서 완전한 웃음을 웃게 될 것이다.
그것이 세상에 존재하는 가장 훌륭한 싸움이다.

chapter 8

내 삶을
뻔한 결말로부터 구해 준
결정적 순간들에 대하여

◇

아침 출근길, 지하철 계단 끝에서 젊은 여자가 울면서 올라오고 있다. 엉엉 소리 내어 운다. 울음소리가 지하 공간에 울린다. 나는 여자를 바로 쳐다보지 못한다. 출근하다 말고 여자는 무슨 소식을 들었던 것일까. 공공장소에서 눈물을 참지 못할 일은 무엇일까. 연인의 이별 선고였을까? 가족의 죽음이나 사고 소식? 큰 병에 걸렸다는 통보? 그녀는 왜 소리 내어 울었을까. 하루 종일 신경이 쓰였다. 지금은 눈물을 멈췄을까. 이제 괜찮아졌을까.

중학생 때 주말마다 TV에서 베스트셀러 극장을 열심히 봤다. 단편소설을 극화한 단막극이었다. 제목이 '초록빛 모자'였던 것으로 기억한다. 박영규와 서갑숙이 주인공인 로맨스물이었는데 두 장면이 잊히지 않는다. 털모자를 쓴 박영규가 주머니에 손을 넣고 어깨를 움츠린 채 버스터미널을 나오는 장면. 그리고 서갑숙이 자취방에서 차를 마시는 장면. 여자는 말린 장미꽃과 몇 가지 말린 잎들을 주전자에 넣고 끓여 찻잔에 쪼르르 따라 천천히 마셨다. 방 안 가득 정성스러움과 고요함이 깃든 그 장면은 작은 충격이었다. 나 혼자 마시려고 스스로 차를 끓이는 것을 어린 나는 상상하지 못했다. 엄마는 손님이 올 때만 '차단스'에서 찻잔을 꺼내 커피를 대접했다. 엄마가 손님을 배웅하러 나간 사이 진홍색 장미가 새겨진 찻잔을 들여다보면 말라붙은 커피 자욱이 동그랗게 남아 있었다. 배웅을 마치고 돌아온 엄마는 서둘러 찻잔을 씻어 차단스에 넣어 두었다. 나도 어른이 되면 저 여배우처럼 내 손으로 차를 끓여 마셔 봐야지, 했던 다짐이 빛바랜 옛날 드라마와 함께 떠오른다. 스스로를 대접하는, 잃지 말아야 할 그 마음.

호스피스 병동에서 봉사를 하는 분과 이야기를 나눈 적이 있다. 봉사는 환자분들이 필요로 하는 것들, 주로 마사지, 목욕, 말동무를 해 주는 정도이다. 일주일에 한 번 가는데 매번 새로운 환자들이 보인다. 일주일 사이에 누군가가 죽음을 맞고 다음 대기자가 그 침상을 채운 것이다. 다른 사람의 몸을 만지는 일은 나에게 너무 낯설다. 나이 든 어머니의 벗은 몸도 나는 불편하다. 타인의 몸을 씻어 주고 주물러 주는 봉사만큼은 나는 영영 하지 못할 거라고 평소 생각해 왔다. 그러나 봉사자들에게는 마음의 위로보다 몸의 위로가 먼저이다. 무엇이 필요하신가요, 라고 물으면 좀 주물러 달라, 씻어 달라는 주문이 가장 많다. "정말 대단하세요. 힘들지 않으세요?" 나의 물음에 봉사자는 이렇게 대답했다. "힘든 건 모르겠고요, 음……, 봉사가 끝나고 돌아갈 때 그분들에게 '다음 주에 뵈어요'라고 말하지 못하는 게 마음에 걸리죠."

서커스를 대물림하는 가족 이야기를 보았다. 아버지는 난쟁이고 두 딸도 난쟁이다. 재래시장 한쪽에 천막을 쳐 놓고 두 딸이 노래하고 춤춘다. 노쇠하여 무대에 오르지 못하는 아버지는 공연장 구석에 서서 공연하는 두 딸을 바라본다. 잘하고 있나 살피는 눈빛이다. 카메라가 아버지를 비추자 딸이 깔깔대며 말한다. "아버지랑 저랑 꼭 닮았죠? 콩 심은 데 콩 나니까요." 관객은 예닐곱 명뿐, 그들은 간간이 손뼉을 치고 웃음을 터뜨린다. 공연이 끝났다. 천막에서 나오는 장년의 남자가 소감을 말한다. "지나가다 우연히 봤어요. 근데 즐겁네요. 많이 웃었어요." 인생은 연극 무대라는 상투적인 말이 그날따라 눈물겹게 다가왔다.

남편의 어머니는 평생 절에 다녔다. 카세트테이프가 늘어지도록 반야심경 천수경을 들었다. 여름에 시골집에 내려갔더니 녹음기가 고장 났다며 고쳐 달라고 하셨다. 잠시 멈춤, 'pause' 버튼이 잘못 눌려져 있었다. 버튼을 한 번 더 누르고 플레이 버튼을 눌렀

더니 익숙한 불경이 흘러나왔다. 다시 녹음기가 돌아가자 어머니는 웃었다. 그 어머니가 두 해 전 찬송가를 들으며 세상을 떠났다. 장례 의식은 기독교인인 큰아들의 의견을 따랐다. 어머니는 자식들이 다투는 것보다 찬송가를 듣는 게 낫다고 생각하실 것이다. 버스를 대절해서 온 교회 신도들이 찬송을 하고 젊은 목사가 예배를 올려 주었다. 목사는 우리에게 다가와 이제 어머니가 천국에 가셨다고 말해 주었다. 교회 버스가 출발하기 전, 남편이 버스에 올라 신도들에게 고개를 숙이며 말했다. "둘째 아들입니다. 저희 어머니를 위해 노래를 불러 주셔서 고맙습니다." 그해 벚꽃은 눈이 시리도록 하얬다.

인사동 골목 깊숙이 구옥을 개조한 작은 식당에서 점심 약속이 있었다. 식당에 들어가 빈자리 아무 데나 앉으려니까 종업원이 "좋은 자리로 안내해 드릴게요" 하면서 창가 쪽으로 이끈다. 창밖은 방금 지나온 아스팔트 골목길인데……, 앉고 보니 좀 떨어진 맞은편 집에 붉은 꽃을 피운 나무가 보였다. 아하! 이 풍경을 보여주려 했구나. 나는 종업원을 향해 웃어 보였다. 나무는 어느 집 정원이 아니라 길가 담벼락 아래 서 있었다. 척박한 시멘트 땅에서

안간힘 쓰며 마침내 꽃을 피웠다. 잠시 뒤 주문한 음식이 나왔다. 정갈한 채소전과 삼치구이는 알맞게 따듯했다. 혀에 닿는 온기가 좋았다. 손님의 마음을 예민하게 살피는 종업원과 요리사, 그리고 꽃나무. 좋은 것을 나누려는 마음들이 일상을 지치지 않게 하는 것이겠지.

태어나서 마지막 숨을 거두는 날까지, 어느 때는 하루가 더없이 소중하고 어느 때는 지루하고 막막해지기도 한다. 지금 내가 여기 있다는 사실이 신비롭게 다가오기도 한다. 우리는 매 순간만을 살아갈 뿐이라고 하지만 순간은 나날의 연속 위에 있다. 그 모든 순간이 모여 삶의 무늬가 완성된다. 등단 28년 만에 시집을 낸 서정춘 시인의 〈동행〉이란 시의 첫 줄은 "물돌물 돌물돌"로 시작한다. '적당히 놀고 적당히 쉬고' 시를 생각하면서 20년이 흐른 어느 새벽에 이 구절이 귀에 들렸다고 한다. 여울물이 내려가는 소리를 표현했지만, 나는 이 구절이 삶의 순환과 흐름으로 읽혔다. 물, 돌, 물, 돌, 물, 돌……. 삶을 놓치게 만드는 것들에 속지 않고 흐름을 타며 살아가는 소리.

그렇게 우리는 언제나 결정적 순간을 살아간다.

그렇게 소중했던가

이성복

버스가 지리산 휴게소에서 십 분 간 쉴 때, 흘러간 뽕짝 들으며 가판대 도색잡지나 뒤적이다가, 자판기 커피 뽑아 한 모금 마시는데 버스가 떠나고 있었다. 종이컵 커피가 출렁거려 불에 데인 듯 뜨거워도, 한사코 버스를 세워야겠다는 생각밖에 없었다. 가쁜 숨 몰아쉬며 자리에 앉으니, 회청색 여름 양복은 온통 커피 얼룩. 화끈거리는 손등 손바닥으로 쓸며, 바닥에 남은 커피 입 안에 털어 넣었다. 그렇게 소중했던가, 그냥 두고 올 생각 왜 못 했던가. 꿈 깨기 전에는 꿈이 삶이고, 삶 깨기 전에 삶은 꿈이다.

그거 안 먹으면

정양

아침저녁 한 움큼씩
약을 먹는다 약 먹는 걸
더러 잊는다고 했더니
의사선생은 벌컥 화를 내면서
그게 목숨 걸린 일이란다
꼬박꼬박 챙기며 깜박 잊으며
약에 걸린 목숨이 하릴없이 늙는다
약 먹는 일 말고도
꾸역꾸역 마지못해 하고 사는 게
깜박 잊고 사는 게 어디 한두 가지랴
쭈글거리는 내 몰골이 안돼 보였던지
제자 하나가 날더러 제발
나이 좀 먹지 말라는데
그거 안 먹으면 깜박 죽는다는 걸
녀석도 깜박 잊었나보다

도반

이성선

벽에 걸어놓은 배낭을 보면
소나무 위에 걸린 구름을 보는 것 같다
배낭을 곁에 두고 살면
삶의 길이 새의 길처럼 가벼워진다
지게 지고 가는 이의 모습이 멀리
노을 진 석양 하늘 속에 무거워도
구름을 배경으로 서 있는 혹은 걸어가는
저 삶이 진짜 아름다움인 줄
왜 이렇게 늦게 알게 되었을까
알고도 애써 모른 척 밀어냈을까
중심 저쪽 멀리 걷는 누구도
큰 구도 안에서 모두 나의 동행자라는 것
그가 또다른 나의 도반이라는 것을
이렇게 늦게 알다니
배낭 질 시간이 많이 남지 않은 지금

새점을 치며

정호승

눈 내리는 날
경기도 성남시
모란시장 바닥에 쭈그리고 앉아
천원짜리 한 장 내밀고
새점을 치면서
어린 새에게 묻는다
나같은 인간은 맞아 죽어도 싸지만
어떻게 좀 안되겠느냐고
묻는다
새장에 갇힌
어린 새에게

버리긴 아깝고

박철

일면식이 없는
한 유명 평론가에게 시집을 보내려고
서명을 한 뒤 잠시 바라보다
이렇게까지 글을 쓸 필요는 없다 싶어
면지를 북 찢어낸 시집

가끔 들르는 식당 여주인에게
여차여차하여 버리긴 아깝고 해서
주는 책이니 읽어나 보라고

며칠 뒤 비 오는 날 전화가 왔다
아귀찜을 했는데 양이 많아
버리긴 아깝고

둘은 이상한 눈빛을 주고받으며
뭔가 서로 맛있는 것을
품에 안은
그런 눈빛을 주고받으며

동행

배문성

내가 비로 내려
땅을 적시고 흙 속으로 들어가
어두운 돌 속까지 스며들어
당신께 갈 수 있다면
당신이 가리킨 산목련 한 송이라도 피워줄 텐데

스미는 대로 손을 내밀어
얽힌 돌은 거두고 착한 흙은 모아서
젖을수록 부드러운 땅을 내놓으면
그곳에 따뜻한 햇살이 찾아오기도 할 텐데

당신이 잠들면 나는 숨소리 고르며
슬픔도 힘이 될 수 있다고
토닥이는 빗소리라도 들려줄 텐데

상처 없이 살아가기에는
이 세상 모든 것에게 다 미안하다고
그렇게 말해 주며 같이 걸어갈 수 있을 텐데

운동회 날

오성호

삶이란 게
가을 운동회 날처럼
늘 마음 설레게 하는 것이었으면
끝날 무렵이면 누구나
공책 한 권쯤은 챙길 수 있고
누구나 가족들 앞에
햇살처럼 빼기고 설 수 있는 그런 날
어쩌다 넘어져서 꼴찌를 하더라도
부끄럽지 않게 위로 받을 수 있고
공정한 출발을 위해서라면
몇 번이고 다시 시작해도 좋은 달리기 시합처럼
내 아이가 살아갈 세상 또한 그럴 수 있다면
진 편도 이긴 편도 모두 떳떳하게
푸른 하늘을 우러를 수 있는 그런 날들이라면

세상 모르는 아이들
박수소리 웃음소리 와글거리는 소리
새떼처럼 날아오르는 운동장 가에서
나는 오래 전 지워져 버린 내 소년의

슬픈 뒷모습을 찾아냈다
낡은 교실 모퉁이를 돌아
운동장을 가로질러 가는 동안
목이 꺾이고, 무릎이 꺾이고
끝내 이슬처럼 잦아진
내 소년이 흔드는 작은 손을
오래 오래 지켜보았다

혼자 가질 수 없는 것들

문정희

가장 아름다운 것은
손으로 잡을 수 없게 만드셨다
사방에 피어나는
저 나무들과 꽃들 사이
푸르게 솟아나는 웃음 같은 것

가장 소중한 것은
혼자 가질 수 없게 만드셨다
새로 건 달력 속에 숨 쉬는 처녀들
당신의 호명을 기다리는 좋은 언어들

가장 사랑스러운 것은
저절로 솟게 만드셨다
서로를 바라보는 눈 속으로
그윽이 떠오르는 별 같은 것

자살에 대한 경고

에리히 케스트너

이 충고는 자네를 위한 것이야.
만약 자네가 권총에 손을 뻗어
얼굴을 내밀고 방아쇠를 당기면
내 가만두지 않겠네.

착한 사람은 적고
나쁜 이는 많다던
교수의 훈계를
다시 복습할까?

세상이 재미없다고?
가난한 자와 부자가 있다고?
이봐, 뻔한 소리를 되풀이할 거야?
자네 시체가 관 속에 있어도 후려갈길 거야.

주변에서 일어나는 잡스런 일이야 아무래도 좋아.
비 맞은 중처럼 불평하는 건 이제 집어치워.
세상이 그렇고 그렇다는 것은
어린애도 다 알아.

자네 꿈은
인류를 개선한다는 것이 아니었나?
아침이면 자네는 그 꿈을 비웃을 거야.
그러나 인간은 조금씩 나아질 수 있어.

그래, 나쁘고 형편없는 자들이
버글버글하고 강자인 건 사실이야.
그렇다고 개처럼 죽을 수야 없지.
최소한 오래 살아 놈들 약이라도 올려야 하지 않겠어?

하루를 위한 잠언

막스 에르만

세상의 소음과 서두름 속에서도 평온하게,
침묵에 깃든 평화를 기억하며 걸어가십시오.
스스로 비겁해지지 않는 선에서
모든 사람들과 잘 지내십시오.
당신이 알고 있는 이야기만을 낮고 분명하게 말하십시오.
다른 사람들의 말에 귀 기울이고,
지루하고 예의 없는 사람조차도
그들만의 이야기를 가지고 있음을 기억하십시오.

과장되고 이기적이고 공격적인 사람은 조심하십시오.
그들은 우리의 영혼에 작은 상처를 남깁니다.
만일 자신을 다른 사람들과 비교한다면
당신은 초라해지고 가치 없게 여겨질 겁니다.
어느 곳에나 당신보다 낫거나 못한 사람이 있습니다.
당신이 계획한 일에 열정을 다하되
그 끝보다 만들어지는 여정을 즐기십시오.

당신의 겸손과 선함이 유지되도록 마음을 보살피십시오.
그것은 세상의 모든 것들이 변하는 진리 속에서

우리가 가질 수 있는 유일한 보물입니다.
당신이 하는 일에 세심하게 주의를 기울이십시오.
세상은 호시탐탐 속임수로 가득하고
그것이 당신의 귀한 미덕을 잃어버리게 할지 모릅니다.
많은 사람들이 높은 목표를 세우고
스스로를 돋보이려고 애를 씁니다.

그러나 당신 자신이 되십시오.
중요한 것은, 사랑에 너무 집착하지도 너무 냉소하지도 마십시오.
푸른 풀잎처럼 사랑은 무미건조하고 덧없는 이 세상에서
영원한 것입니다.

노인의 충고를 친절하게 받아들이고
젊은이의 어설픈 말에도 기품 있게 대하십시오.
갑작스런 불행에도 흔들리지 않는 마음의 힘을 키우십시오.
그러나 아직 오지 않은 시간에 대한 어두운 상상력으로 자신을
괴롭히지는 마십시오.
두려움은 피로와 외로움에서 나옵니다.
몸을 단련하되,

무엇보다 당신 자신과 친하게 지내십시오.

당신은 우주의 자식입니다.
하나의 나무나 하나의 별과 같습니다.
당신은 여기 있어야 할 존재입니다.
이를 당신이 알든지 모르든지
의심의 여지없이 우주의 시간들은 계속될 것입니다.

그러므로 당신이 무슨 생각을 하고 무슨 일을 하든
거기에 신이 평화를 깃들게 할 것입니다.
수고와 열망과, 시끄러운 삶의 혼란 속에서도
당신의 영혼에 평화가 흐르게 하십시오.

부끄럽고 힘들고 깨어진 꿈들 속에서도
세상은 아직 아름답습니다.
그러니 부디, 즐겁게 사십시오.
행복하려고 노력하십시오.

첫마음

정채봉

1월 1일 아침에 찬물로 세수하면서 먹은 첫마음으로
1년을 산다면.

학교에 입학하여 새 책을 앞에 놓고
하루 일과표를 짜던 영롱한 첫마음으로 공부를 한다면.

사랑하는 사이가,
처음 눈이 맞던 날의 떨림으로 내내 계속된다면.

첫 출근하는 날,
신발 끈을 매면서 먹은 마음으로 직장일을 한다면.

아팠다가 병이 나은 날의,
상쾌한 공기 속의 감사한 마음으로 몸을 돌본다면.

개업날의 첫마음으로 손님을 언제고
돈이 적으나, 밤이 늦으나
기쁨으로 맞는다면.

세례 성사를 받던 날의 빈 마음으로
눈물을 글썽이며 교회에 다닌다면.

나는 너, 너는 나라며 화해하던
그날의 일치가 가시지 않는다면.

여행을 떠나는 날,
차표를 끊던 가슴 뛰이 식지 않는다면.

이 사람은, 그때가 언제이든지
늘 새마음이기 때문에
바다로 향하는 냇물처럼 날마다가 새로우며,
깊어지며, 넓어진다.

출처

ㄱ

가장 이상한 세 단어 × 비스와바 쉼보르스카
《끝과 시작》, 문학과지성사

강아지 × 조병화
《조병화 시전집 전 6권》, 국학자료원

계산에 대하여 × 나희덕
《그곳이 멀지 않다》, 문학동네

고마웠다, 그 생애의 어떤 시간 × 허수경
《길모퉁이의 중국식당》, 문학동네

그 저녁은 두 번 오지 않는다 × 이면우
《그 저녁은 두 번 오지 않는다》, 북갤럽

그거 안 먹으면 × 정양
〈시와 정신〉 2016년 겨울호, 시와정신사

그냥 둔다 × 이성선
《이성선 시선》, 지식을만드는지식

그렇게 물으시니 × 유용선
《개한테 물린 적이 있다》, 책나무

그렇게 소중했던가 × 이성복
《달의 이마에는 물결무늬 자국》, 문학과지성사

그리하여 어느 날, 사랑이여 × 최승자
《즐거운 일기》, 문학과지성사

ㄴ

나를 멈추게 하는 것들 : 속도에 대한 명상 13 × 반칠환
《뜰채로 죽은 별을 건지는 사랑》, 지혜

나이 × 김재진
《산다고 애쓰는 사람에게》, 수오서재

넉넉한 마음 × 김재진
《누구나 혼자이지 않은 사람은 없다》, 꿈꾸는서재

ㄷ

더딘 사랑 × 이정록
《의자》, 문학과지성사

도반 × 이성선
《내 몸에 우주가 손을 얹었다》, 세계사

동행 × 배문성
《노을의 집》, 민음사

ㅁ

문득 잘못 살고 있다는 느낌이 × 오규원
《왕자가 아닌 한 아이에게》, 문학과지성사

물 끓이기 × 정양
《나그네는 지금도》, 생각의나무

ㅂ

밖에 더 많다 × 이문재
《지금 여기가 맨 앞》, 문학동네

반성 16 × 김영승
《반성》, 민음사

발작 × 황지우
《어느 날 나는 흐린 주점에 앉아 있을 거다》, 문학과지성사

밤의 이야기 20 × 조병화
《숨어서 우는 노래》, 미래사

밥상 앞에서 × 박목월
《크고 부드러운 손》, 민예원

방문객 × 정현종
《광휘의 속삭임》, 문학과지성사

배꼽을 위한 연가 5 × 김승희
《흰 나무 아래의 즉흥》, 나남

백비白碑 × 이성부
《도둑 산길》, 책만드는집

버릇 × 박성우
《가뜬한 잠》, 창비

버리긴 아깝고 × 박철
《작은 산》, 실천문학사

벚꽃 그늘에 앉아 보렴 × 이기철
《별까지는 가야 한다》, 지식을만드는지식

별 × 공재동
《초록 풀물》, 고래책빵

별똥별과 소원 × 이원규
《벙어리 달빛》, 실천문학사

병 × 공광규
《파주에게》, 실천문학사

부부 × 함민복
《말랑말랑한 힘》, 문학세계사

비누 × 정진규
《청렬집》, 지식을만드는지식

ㅅ

사랑 × 김영현
《남해엽서》, 문학동네

사랑 × 박형진
《바구니 속 감자싹은 시들어 가고》, 창비

사랑에게 × 정호승
《이 짧은 시간 동안》, 창비

산머루 × 고형렬
《김포 운호가든집에서》, 창비

산속에서 × 나희덕
《그 말이 잎을 물들였다》, 창비

삶 × 안도현
《그리운 여우》, 창비

새점을 치며 × 정호승
《눈물이 나면 기차를 타라》, 창비

선택의 가능성 × 비스와바 쉼보르스카
《끝과 시작》, 문학과지성사

세상 일이 하도 섭해서 × 나태주
《나의 등불도 애닯다》, 토우

소주 한잔 했다고 하는 얘기가 아닐세 × 백창우
《길이 끝나는 곳에서 길은 다시 시작되고》, 신어림

수도원에서 × 정채봉
《너를 생각하는 것이 나의 일생이었지》, 현대문학

슬픈 웃음 × 맹문재
《사과를 내밀다》, 실천문학사

시간에게 × 김남조
《충만한 사랑》, 열화당

ㅇ

아버님의 안경 × 정희성
《한 그리움이 다른 그리움에게》, 창비

어느 날 고궁을 나오면서 × 김수영
《김수영 전집1》, 민음사

어머니의 그륵 × 정일근
《사과야 미안하다》, 지식을만드는지식

어부漁夫 × 김종삼
《김종삼 전집》, 나남

엄마의 발 × 김승희
《흰 나무 아래의 즉흥》, 나남

오늘, 쉰이 되었다 × 이면우
《아무도 울지 않는 밤은 없다》, 창비

오늘은 일찍 집에 가자 × 이상국
《어느 농사꾼의 별에서》, 창비

오늘의 결심 × 김경미
《밤의 입국 심사》, 문학과지성사

오래된 기도 × 이문재
《지금 여기가 맨 앞》, 문학동네

운동회 날 × 오성호
《빈집의 기억》, 화남

이름 부르는 일 × 박남준
《적막》, 창비

익어 떨어질 때까지 × 정현종
《그림자에 불타다》, 문학과지성사

ㅈ

자살에 대한 경고 × 에리히 케스트너
《삶을 사랑하고 죽음을 생각하라: 에리히 케스트너 평전》, 필맥

정말 그럴 때가 × 이어령
《어느 무신론자의 기도》, 열림원

조용한 일 × 김사인
《가만히 좋아하는》, 창비

짐과 집 × 김언
《너의 알다가도 모를 마음》, 문학동네

ㅊ

처음엔 당신의 착한 구두를 사랑했습니다 × 성미정
《나보다 더 나를 사랑한 당신》, 오늘의책

첫마음 × 정채봉
《내 가슴속 램프》, 샘터

ㅎ

※ 이 책에 실린 시들은 한국문예학술저작권협회와 사이저작권에이전시, 출판권을 가진 출판사, 작가와의 연락 등을 통해 저작권자의 동의를 얻었습니다. 저작권자를 찾기가 어려워 부득이하게 허락을 받지 못하고 수록한 작품에 대해서는 추후 저작권이 확인되는 대로 적법한 절차를 진행하겠습니다.

누구나 시 하나쯤
가슴에 품고 산다

초판 1쇄 2019년 7월 1일
13쇄 2023년 2월 13일

지 은 이 | 김선경
발 행 인 | 강수진
편 집 | 유소연 조예은
마 케 팅 | 곽수진
디 자 인 | 문성미
일러스트 | 권예원

주 소 | (04075) 서울시 마포구 독막로 92 공감빌딩 6층
전 화 | 마케팅 02-332-4804 편집 02-332-4806
팩 스 | 02-332-4807
이 메 일 | mavenbook@naver.com
홈페이지 | www.mavenbook.co.kr
발 행 처 | 메이븐
출판등록 | 2017년 2월 1일 제2017-000064

ISBN 979-11-965094-4-6 03810

이 도서의 국립중앙도서관 출판예정도서목록(CIP)은 서지정보유통지원시스템 홈페이지(http://seoji.nl.go.kr)와 국가자료공동목록시스템(http://www.nl.go.kr/kolisnet)에서 이용하실 수 있습니다.(CIP제어번호: 2019022651)